相信今天
會有好事發生

書寫中的心想事成

彭樹君——著

前言

關於書寫

書寫是一種靜心，是聆聽內在聲音的方式，是療癒自我的過程，也是得到心靈自由的途徑。

書寫還是一種與更高意識接軌的狀態，一種進入神性喜悦與內在平安的方法。

書寫更是一條道路，往想要的自己走去的道路。

書寫是內在的旅程，必須先回到自己的內心。

人生中常有憂悒的時刻，不安的時刻，無人能夠訴說的時刻，幸好我們可以書寫。書寫是與自己的密談。

人生中也常有歡欣的時刻，陶醉的時刻，渴望與人分享的時刻，也幸好我們可以書寫。書寫也是對世界的傾訴。

文字是陪伴，是撫慰，只要有一本筆記簿和一支筆，隨時隨地都可以進入自己的內心，和自己在一起。

文字也是創造，是開拓，只要你相信，就可以寫下自己的想望與心願，交給無窮的宇宙去實現。

是的，書寫是一個人獨自在密室放煙火，那其中的快樂與孤獨，璀璨與寂滅，自己最明白。

*

我從小就喜歡文字，第一次自己一人讀一本書的感覺，大概就像發現了另一個星球一樣，開啟了對全新世界的認知。十歲時我寫下了生平第一篇自己創作的故事，於是我也有了自己創造的星球，從此我的喜怒哀樂都在其中。

文字不但是個人觀看世界的方式，也是自我表達與梳理內心的途徑。在書寫這條道路上已經踽踽獨行大半生，有時我會想，若是把文字從我的生命中抽走，不知還剩下什麼？

許多次，文字將我從危難中拯救；也有許多次，書寫幫助我在分崩離析中安頓自我。感謝有文字作為人生的陪伴，我真切地感到文字的力量，無論經歷過什麼，只要有文字可以依靠，就是一件幸福的事。

*

書寫之於人生，是有進程的。

一開始，書寫是一種想要與自己交談的渴望。

在那樣梳理自我的過程中，內在種種起伏慢慢平息，得到療癒。因為被療癒，所以也就得到隨之而來的喜悅與自由。

漸漸地，書寫成為一種靜心的方式。

在靜心之中與內在思維串連，靈感浮現，得到領悟與啟示，這是書寫的奧義。

再後來，因為在文字之中感覺到能量，得以進入更高維的心靈次元，同時明白能量是構成自我與世界的元素。

到了這個階段，我們會知道如何透過書寫，以文字能量轉換心靈能量，再以心靈能量去顯化，寫下自己想要的生命劇本。

*

書寫與靜心是我生活中的兩大主軸，這兩者對我而言其實是同一件事。

在這本書裡，我將整合這兩大主軸，分享我多年書寫與靜心的經驗，如何在書寫中靜心，在靜心中書寫，如何以書寫來自我療癒，拓展靈性，得到內在自由，並且在書寫中心想事成。

我也將分享四種靜心書寫的方法，包括自由書寫、療癒書寫、靈性書寫與能量書寫。

除了第一章的自由書寫之外，本書中所有的書寫練習都來自我在深度靜心之後的靈感啟示。尤其能量書寫中的晨光書寫，更是我日日靜心與私房書寫的心靈儀式。

＊

親愛的，但願你能聆聽內在的聲音，並從流瀉的文字裡凝視自己的心靈。

希望你能瞭解，書寫是一種自我療癒的過程，亦是一種讓心靈得到自由的途徑。

書寫還是一種與更高意識接軌的狀態，一種進入神性喜悅與內在平安的方法。

書寫更是一條道路，一條往想要的自己走去的道路。

是的，書寫是內在的旅程，必須先回到自己的內心。

＊

在書寫中靜心。

在書寫中自我療癒。

在書寫中聆聽內在的聲音。

在書寫中遇見更高版本的自己。

因為書寫，你得以展現自己的話語權。

因為書寫，你清理了心底的藤蔓，為自己的生命發言，記錄個人思緒的軌跡，而且發現內在世界的無邊無盡。

而且，最動人的是，你還能在文字裡創造一個能量充沛的心靈世界。

*

文字的世界就是能量的世界，那其中有著無限的可能，如果你願意，我想與你分享到達那個世界的路徑。

親愛的，從今以後，請與我一起靜心，一起書寫，一起感受文字能量與心靈能量的交會與流動。

但願你深入內在，開啟靈感，得到自由與療癒，感到平安與喜悅，然後讓生命如花一般地綻放。

CONTENTS

第四章 ❊ 能量書寫——書寫讓你成為想要的自己

第五章 ❊ 靜心在書寫之前

第六章 ❊ 關於靜心與書寫的生活作業

後語・關於這本書

·第一章·

自由書寫

——書寫讓你得到自由——

在書寫的流動之中，
我們不再向外尋求，
也不再需要別人的肯定；
我們找回內在的聲音，
成為真正的自己，
得到心靈的自由。

書寫的初衷

書寫的初衷是為了讓自己平靜，
是得著創作的快樂，
是在靈感泉湧之中感到深刻的喜悅。
這一切都只在於自己的內心。

在書寫課上，有人提問，如何才能成為一個名作家？

我的回答是，能不能成為一個廣為人知的作家，其中有太多條件的累積，包括自己的努力、別人的肯定與時運的造化。除了自己的努力之外，其他都不是個人可以掌控，強求不來，也不必強求。

如果是為了想要成為一個名作家而寫作，那會痛苦的，對於名利的追求會違背了創作的本質。為了不要在文字的道路上迷失，必須常常問自己，什麼是書寫的初衷？

對我來說，書寫的初衷是為了讓自己平靜，是得著創作的快樂，是在靈感泉湧之中感到深刻的喜悅，而這一切都只在於自己的內心，不在於外界的名利。我從很久以前就明白，外在的追求不會讓自己快樂，只會充滿達不到目標的焦慮。真正的快樂只有往內找尋，換句話說，寫作的快樂在於己心。

比起名利，快樂才是真正的獲得。

在主編報紙副刊的二十年裡，我總是在退稿信裡寫著：創作是一件快樂的事，但願你永遠可以保有創作的熱情。

一份稿件是否被錄用有很多原因，常常不是因為寫得不好，而是字數不符、時令不符、版性不符等諸多原因，而我總是希望創作者不要只因為一次退稿，就失去了創作的熱情，那是太令人惋惜的損失。畢竟比起寫作本身的快樂，其他獲得都只是附加而已。

創作的可貴在於獨創，成為一個作家之前，必須先擁有屬於自己獨特的心靈世界，而那很難從他人的教導得來。

但是，如何親近文字，如何放下書寫障礙，如何以文字自我療癒，如何以書寫與內在靈性連結，如何用文字能量改變人生……這些「如何」是有路可循的，經驗是可以分享的。

我想說的是，能不能成為一個作家並不是最重要的事。真正重要的，是要在書寫之中與文字成為密友，讓文字的能量進入自己的生活、生命與心靈，給自己自由、喜悅與平靜，這才是最美好的獲得。

而要能與文字成為密友，首先要先放下對於書寫的障礙。許多人有這方面的困擾，面對空白的紙頁，只覺得手足無措，往往不知如何下筆。

因為總是有個聲音在你的腦內說，這樣寫不對，那樣寫不好，讓你遲遲無法開始，下筆之後也始終不順，所以你沒有感到書寫的快樂，只覺得焦慮與挫折。

那個聲音並不只出現在書寫時，也會出現在你做其他事情的時候。

那個聲音最初可能來自於你童年的某個長輩，或是成長過程中的某個老師，困擾著你的心裡那個帶著創傷的內在小孩；或者，那個聲音並不來自於某個人，而是許多挫折的累積，從此成為你的負面核心信念。

總之，「我總是不對，我總是不好」這樣的聲音漸漸進入了你的潛意識，打擊你，阻礙你，讓你失去自信，成為你與自己相處的困擾。

書寫是一種流動，心的流動，手的流動，意念的流動，思緒的流動，如果流動不順，那也反映了內在某個地方是卡住的，是一種不自由。

而我們可以藉著自由書寫的練習，來放下內在那個負面的聲音。

親愛的，你的書寫狀態就反映了你當下的心靈狀態。讓你的書寫流動起來，心靈也就流動了起來。

在書寫的流動之中，我們不再向外尋求，也不再需要別人的肯定；我們找回內在的聲音，成為真正的自己，得到心靈的自由。

在自由書寫中面對真實的自我

自由書寫是為了與自己的內心連結，
真實地面對自己，接納自己，
並且看見內在的無限。

首先，我想告訴你的是自由書寫。

所謂自由書寫，就是在固定的一段時間裡連續書寫，不管主題、結構、文法、邏輯與節奏，也沒有任何停頓，心中浮現什麼就寫什麼，即是自由書寫。

說得更直白些，不管寫得好不好，也不管寫得對不對，一直寫下來就是了。

這是個很簡單的書寫練習，卻有很好的功效。

我們活在一個邏輯的世界，被許多條條框框所制約與綑綁。

我們對自己有許多苛求，總是感到焦慮，總是追求那永遠達不到的完美。

我們還想要掌控這個那個卻反而一再失控，結果讓自己終日活在疲累之中。

我們總是習慣自我批判，總是覺得自己哪裡不好不對，對自己充滿負面的聲音。

自由書寫的意義就在於放下那些頭腦裡的制約，放下對於完美的追求，放下控制外界的慾望，也放下那些內在自我批判的聲音。

自由書寫可以幫助我們脫離表意識的掌控，與內在的潛意識連結。也就是說，自由書寫可以釋放被制約的頭腦，帶領我們進入心靈世界的無限。

總之，自由書寫是藉由書寫完全地自我接納。而當你能夠完全自我接納，心靈才有完整的自由。

從另一個角度來看，自由書寫也是真實面對自我的一種方式。因為自由書寫沒有停下來思索的時間，也去除了任何潤飾，所以會忠實反映當下的內在狀況。

創作的首要正是要面對真實的自己，如果沒有誠實地面對自己，文字當中就會呈現某種造作與虛假。

在長達二十多年的編輯生涯中，我常被許多創作素人的稿件感動，感動我的往往不是文字多麼優美，題材多麼獨特，而是文字背後那顆真實無偽的心靈，那種自然流露的感情。

相對的，我也常常在許多人的文字當中看見虛矯，那種刻意的呈現就像一張修圖過多的照片，其中有太用力的人工鑿痕，已經失去了真實的美，那樣的文字像假花，聞不到天然的芬芳。

如果想要丟掉腦內那個自我批判的聲音，練習自由書寫。

如果希望書寫時思緒別再不斷地被卡住，練習自由書寫。
如果願意在文字之中面對真實的自我，練習自由書寫。
如果渴望與自己的內心連結，得到內在自由，練習自由書寫。

自由書寫需要的是一顆願意對自己袒露的心，所以放下你的邏輯頭腦，傾聽內在的聲音。

自由書寫也是一種心靈的修行，一種與自己相處的方式。當你進入了它，你會懂得放鬆、專注、覺察與無條件的自我接納。

在自由書寫中，我們打開內在的渠道，觀察並且不帶批判地表述自己的內心世界。

因此可以這麼說，自由書寫是一面鏡子，幫助我們更深刻地看見自己。丟掉邏輯，放下一切腦內制約，用手寫文字記錄當下流過心中的一切，我們就能看見真實的自己，也看見心靈的無限。

縱使已經寫作這麼多年，自由書寫依然是我的每日晨間書寫。它也是我在寫作課上給學生練習的第一堂課。

當進入自由書寫深處的狀態時，就進入了心流。這時心與手是同步的，一切自然和諧運作，對所有的寫作者來說，心流狀態都是創作最好的狀態，而它的開始，就在於自由書寫練習。

手寫的溫度

用手書寫，是我們學會書寫的第一種方式，
手連結手臂、肩膀，然後到心，
手的溫度，就是心的溫度。
當一個人用手寫的方式把他的心意寫下來讓你知道，
代表他願意把他的情感送給你。
當我們為自己而手寫的時候，
也是送情書給自己。

自由書寫的練習，要從手寫開始。

從人類歷史來看，並不很久以前，也就是在打字機發明以前，書寫一直都是手寫。古人以樹枝在泥地上寫字，或是以鵝毛筆在羊皮紙上寫字，一筆一畫都帶著力道，都是能量的展現。

我的人生前期也是手寫年代，那時的寫作叫做爬格子，真的就是在一疊厚厚的稿紙上，一格一格一字一字這樣寫下來。那時寫一篇稿子需要先寫草稿，然後不斷地修改，最後再把改好的文字謄為正稿，如果正稿謄好之後還想要修改段落，那就必須用到剪刀與糨糊來重組與剪貼，而如我一樣，力求交出去的稿件必須絕對整潔乾淨，不能有剪剪貼貼的痕跡，才算是對待文字的敬意，就會全部重來再謄一遍。因此那時寫一篇稿子往往要重謄三到四遍，那真的是一種考驗，需要的是對寫作有著巨大的耐心與熱情。

現在寫稿當然容易太多了，在電腦上隨時都能輕鬆地修改，令人對科技的進步充滿感謝。但一切的人類文明總是有得有失，很多人雖然很熟練電腦的打字系統，用手寫字時卻錯誤百出，許多字都忘了怎麼寫。

再說太依賴電腦打字，未能體會手寫的樂趣，也是一種損失。

用手書寫，是我們學會書寫的第一種方式，手連結手臂、肩膀，然後到心，手的溫度，就是心的溫度。然而手寫字的溫度，電腦永遠打不出來。電腦打字整齊劃一，可以被無限複製。每個人的手寫字卻都有著獨特的筆跡，獨特的氣息，會具體而微地呈現每個人不同的個性。

你接過手寫的情書嗎？在展讀的時候，彷彿可以看見對方的眼神，可以從紙箋與字裡行間感覺到對方的心與心的溫度，但若同樣的文字是電腦打的，列印機列的，是不是就瞬間冰冷了？

當一個人用手寫的方式把他的心意寫下來讓你知道，代表他願意把他的情感送給你。你若收下他的手寫信，也就收下了對方的心意。而當我們為自己而手寫的時候，也是送情書給自己。

手寫還是一種靜心，一種養氣，一種讓自己心平氣和的練習。

寫字的時候必須向內看，在一筆一畫中，我們全心全意地專注於每一個字，所以喜歡手寫的人往往也喜歡獨處，喜歡和自己在一起。

我總是會在隨身包包裡放一本筆記簿與一支好寫的筆，有感觸的時候隨時記下流過心中的思緒，那是和自己的交心與密談。我喜歡看著自己寫的字在紙上流出來，那像是一種美好的魔法，一種奇妙的流動，一種無中生有，一種心想事成。

在我的書寫課堂上，所有的書寫練習都是手寫，而在這本書裡所有的書寫練習也是。親愛的，讓我們一起來感受手寫的溫度吧。

流動是讓一切發生的關鍵

放鬆才能流動，
流動是讓一切發生的關鍵。

如果沒有水的流動，萬物不會生長。
如果沒有風的流動，也就沒有花香。
如果沒有光的流動，世界將是萬古長夜。
如果兩人之間沒有愛的流動，彼此之間也就形同陌路，故事不會從此展開。

流動是讓一切發生的關鍵。

書寫也是一種流動，也是流動之中的發生。

書寫順暢會以「流利」來形容，在心手相連的流動之中，你的所思所想被文字記錄下來，一個文字宇宙因此誕生。

可是許多時候，我們所感覺到的可能不是那種美妙的流動，反而是挫折連連的不流動，令人對書寫視為畏途。想要書寫流利，首先要喜歡閱讀，讓文字成為很容易被運用的能量。讀多了自然知道怎麼寫，閱讀是寫作最好的老師。

但也有些人雖然喜歡閱讀卻還是對於書寫手足無措，若是這樣，就必須在書寫中學會放鬆。

流動的一定是放鬆的，所以你不可能看見緊繃的流水或是凝固的輕煙。人與人之間的愛也應該是放鬆的，緊張的關係緊繃且內縮，那背後的能量是恐懼，而恐懼正是愛的相反。

正如一顆恐懼的心無法愛人與被愛，想要流暢的書寫，也必須從內在放鬆，那就像你心裡有個水龍頭一樣，關緊了就什麼也流不出來，唯有當你鬆開了它，水才能嘩嘩地流下。

那麼要如何放鬆呢？

日常中的靜心就是放鬆，而靜心需要日復一日的累積。能在靜心中隨時隨地自我放鬆的人，不會有焦慮症、恐慌症、強迫症等等心理上的病症。至於書寫中的放鬆，不妨從自由書寫開始。自由書寫就是寫作的放鬆練習。

我常常在寫朵朵小語的時候，感覺到那種輕快的流動。那讓我覺得並不是我的頭腦在寫，而是有比我更大的能量一起在創作。那樣的心流狀態非常美好。

而你也可以在書寫的流動中，讓自己成為一道輕盈的水流，流到心之所向的地方，感覺那種無比暢快的自由。

親愛的，想要進入這樣的狀態嗎？那麼來試試自由書寫吧。

書寫練習

自由書寫

準備一本好寫的筆記簿和一支好寫的筆，以及一顆放鬆的心。

定下一段時間，然後開始寫，寫到時間結束。

如果不知道該定多久的時間，建議以十五分鐘為長度。

保持愉快的心情。提醒自己，放鬆才能讓一切流動。流動是讓一切發生的關鍵。

不要想，不要思考，不要用頭腦，而是把浮現在心中的意念寫下來。

不要管正不正確或是寫得好不好，只要寫下來。

不要回頭看前面寫過什麼，只要一直寫下來。

如果寫錯字或不通順、甚至不合理也沒關係，自由書寫正是要丟掉頭腦裡被制約的那些邏輯，那些是非對錯的二元對立。所以絕對不要回頭去看去修改，只要繼續一直寫下來。

如果不知道如何開頭，就從「我覺得」、「我記得」或「我看見」寫起。

或是隨意找一本書翻開一頁，從眼睛看到的那一行寫起。

如果寫到中途一時不知道要寫什麼，就重複寫前面那句，直到下一個意念進入你心中，然後再把它們寫下來。

心中迸發什麼就寫什麼，寫的時候不必理會段落，也不需要標點符號，那些都是思緒的暫停，而一切的停頓都不需要。

自由書寫是流水狀態。就像流水只會往前流，所以一直寫下來就是了。

無論寫出了什麼，都要帶著愛的感覺來自我接納。

自由書寫是為了聽見自己內在的聲音，那個聲音也許充滿徬徨，甚至充滿憤怒，那都沒關係。我們讓內心裡的那個自己說想說的話，即使當下迸發出來的話語很可怕也不需要自我批判，這樣才能將某些黑暗的團塊釋放，然後也才有空間讓光進來。

也許你沒有徬徨憤怒，卻有很多悲傷，也讓那些情緒被釋放出來。如果寫著寫著你流下淚來，那表示你心中的水流正在流動，請一併接納這個流動，這是很美的流動。

在自由書寫中，我們帶著愛，真誠地面對內在那些被壓抑的聲音，那個平日掩藏的自己，那都是我們的一部分，都需要被傾聽，被看見，被無條件地接受。

總之，不要停留，不要回頭，把自己當成一條流水一樣往前流，一直寫下來，直到預定的時間結束。

自由書寫的關鍵：放鬆

就像自由書寫時不回頭修改錯字一樣，
放鬆的你接受過去發生的一切，
不回頭去想，也不會受到影響，
因為你知道一切過往都已是流過的水花。

自由書寫練習彷彿某種人生的隱喻，你在文字裡看見內在那個最真實的自己，而其中關鍵在於放鬆。

太多人都活得太緊繃了，總是過度努力，因此很不快樂，也不健康。奧修說：「放鬆時，你在天堂，緊張時，你在地獄。」感覺緊張，往往是因為各種壓力，而壓力是百病之源。根據一份醫學界的統計，有百分之九十五以上的身心病症都來自於壓力。

自由書寫可以幫助放鬆，它讓你鬆開心中糾結的關卡，進入順流狀態。每天做自由書寫練習對於身心靈各層面都有益處。

緊張意味著匆忙、恐懼和懷疑，意味著對自己和對整個世界的不信任，偏偏這個社會一直傳遞你必須緊張的暗示，整個教育制度也告訴你要兢兢業業地努力。而你的自由書寫是把自己從這樣的機械軌道中抽離開來，成為自由的行雲流水，沒有任何目的，甚至沒有邏輯，就只是輕快地往前奔流，不必回頭檢討，也絕不回頭張望，過了就過了。

「過了就過了」是隨時把當下歸零，不拿過去的事來折磨自己，不讓自己在一種負面的追究裡自苦，也不再給自己多餘的壓力。

就像自由書寫時絕對不要回頭修改錯字一樣，放鬆的你接受過去發生的一切，不回頭去想，也不會受到影響，因為你知道一切過往都已是流過的水花。

身要放鬆，心要放下，當身心都鬆開了，就會感到輕安與自由。身體自然健康，心情自然愉快。

若是一個人可以放鬆，周圍自然會形成和氣順暢的能量場，好事也會自然地發生。若是人人都可以放鬆，世界就和平了。

所以，親愛的，每天做自由書寫練習，在放鬆中安頓自己吧。

·第二章·

療癒書寫

——書寫讓你與過去的自己和解——

寫作是內在的自我對話，
是進入自己的內心去看見自己。
在這個過程裡，
你的悲傷得到撫慰，困惑得到回應。
於是你有所領悟。
於是你被文字療癒。
於是你擴展了內在的領域，
展開了心靈的旅程，
然後得到了屬於自己的喜悅、自由與平靜。

朵朵小語是我的療癒書寫

在書寫中長出心靈的綠芽，
開出生命的花。
而文字帶來的療癒力量，
以及那其中的情感共振，
是作者與讀者之間的共鳴，
也是創作最動人的部分。

我的人生曾經有很大的陷落。
那是一次情感上被非常嚴重的背叛，將我的世界造成天翻地覆的碎裂。很長的一段時間，我看見的都是廢墟。
當時還很年輕，不知如何面對那樣的傷害與傾覆，只覺得自己來到生命的窮途末路，每天晚上睡下去都希望第二天早晨不要醒來。那種灰暗前所未有，往後的人生亦是再也沒有，我在比谷底還深的地方，那感覺像是忽然墜入生命的陷阱，並且被埋入了土裡。

後來我開始每天早上到住家附近的山上散步，然後在山崖邊的一棵櫻花樹下的大石頭上靜坐，右邊的相思樹在夏天會開滿滿一樹的小黃花，左邊的松樹在秋天會掉落松果。眼前面對的是層疊的山巒和無盡的天空，山谷下有一條溪水琤琤瑽瑽地流過，水聲不舍晝夜。

我總是帶著一本書、一本筆記簿和一支筆，也總是在靜坐之前讀一段時間的書，然後在靜坐之後寫下流過我心中的那些吉光片羽，那像是有一個更高的存有在回答我心中的悲傷與困惑。在那樣的靜心書寫中，我覺得內在被洗滌，自我被釋放，彷彿所有的心事都被傾聽，所有的哀傷都被承接。

我把那裡當成我的秘密基地，感謝它收容我的心情與思緒；我稱每天早晨那段在山上散步靜坐與書寫的時間為鑽石時光，那樣的獨處漸漸治癒了我所有的困頓糾結。當晨光結束，離開我的秘密基地時，我感到的是內在純粹的愉悅與安寧，以及無限的恩寵與平靜。

在每天的鑽石時光寫下的那些小語本來只是自己寫給自己看的，後來會發表純粹是意外。

當時我正開始主編《花編副刊》不久，需要短稿來補版面，因此曾向一位作家朋友邀短短一、兩百或兩、三百字的稿子，但他遲遲未交稿，於是我只好從自己的筆記本裡挑出字數符合的段落補版。因為當時我已經以本名寫了許多小說與散文並出版了許多書，所以就臨時取了「朵朵」為筆名。

不想用本名，一來是因為不想與以本名所寫的作品混淆了，二來也是那些高頻的文字似乎不是我自己一個人完成的，我覺得那種書寫狀態彷彿自己是一把琴，上天透過我的文字來傳達某種弦音。

那又為什麼是「朵朵」呢？那時只是直覺，就喜歡這兩個疊字。後來才想，「朵」這個字包含了大自然啊！一朵一朵的花，一朵一朵的雲，那就是我每天在寫這些小語時置身的環境，我的心靈渴望存在的地方。

在編輯生涯中，為了應急而補版是常有的事。原以為只是一個短暫的替代，沒想到我的小語刊出之後卻得到許多讀者的共鳴，訊息如雪片般飛來，許多人表示自己的心靈被那短短的文字撫慰了，於是那些在山上寫下的心情筆記從此成為專欄。那個專欄正是「朵朵小語」。

朵朵小語就這樣寫了二十多年，到今天也出版了近三十集，我的初衷只是想要自我療癒，那時並沒想到，後來它還能療癒別人。

很長的一段時間，大約有十七或十八年，朵朵一直是個「隱姓埋名」的狀態，許多和我認識很久的朋友也並不知道朵朵小語的作者是我，「讓作品本身去說話就好」是我認為寫作最好的狀態，不需要作者再出面多說什麼，所以作者保持沉默與隱形就好。

也因此在那樣漫長的一段時光裡，朵朵小語沒有作者出面宣傳，沒有任何採訪與活動，而我其實非常喜歡那樣的安靜與純淨。

如果可以，我但願一直維持如此無名的狀態，後來在第二十集朵朵小語《世界不完美就唱歌吧》，我不得不第一次在摺頁的作者簡介中放入本名，而那背後其實有一個說來話長的故事，其中緣由，留待日後有機會再敘述。

在書寫朵朵小語的這些年當中，我常聽到有人跟我說，朵朵小語帶給他（她）的人生很重要的領悟、撫慰與改變。這樣的回饋總是讓我很感謝，很安慰。原來在我以書寫療癒自己的同時，也鼓舞了其他感同身受的人們。

文字帶來的療癒力量，以及那其中的情感共振，是作者與讀者之間的共鳴，也是創作最動人的部分。

朵朵小語是心靈層次的書寫，是去除了過程與脈絡之後的感悟，至於那些被撞擊碎裂卻也再度完整的生命經驗，它適合寫成小說，在我後來出版的《再愛的人也是別人》和《從今以後一個人住》這兩本短篇小說裡，有好幾篇其實是我自己當年的故事，我抽取了那些過程的一些片段寫成了它們，情節經過了剪裁與修飾，並不完全符合事實，但那些感悟都是在我心底深刻的發生，也是藉由那樣的回溯與整理，讓我看見自己的生命軌跡，願意對一切釋懷並放下，因此得到心靈的成長。

感謝書寫的作用，就算曾經被埋入土裡，也能在書寫的療癒力量中長出心靈的綠芽，開出生命的花。

書寫就是一種自我療癒

因為書寫，
我們回溯過往的生命經驗，
與自己的心靈有了更深刻的連結。

美國國家書評獎得主、紐約時報年度暢銷作家安德魯．所羅門，以十年的時間，針對三百個擁有異常孩子的家庭進行深入調查，寫下《背離親緣》這本書，關於聽力正常的父母生出聾人、芭蕾舞者生出侏儒、華爾街精英生出唐氏症寶寶、基督徒父母生出殺人犯……那其中種種衝突、矛盾、認同與接納的過程，讓無數讀者在閱讀過程裡得到滿心感動，作者也因為此書而獲獎無數，而他書寫這本書的初衷，是因為要療癒自己原生家庭的創傷。

荷蘭靈媒作家潘蜜拉克理柏曾經面臨崩潰，那種下沉到最深的死蔭幽谷之中，身心都接近崩解的感覺，是難以想像的痛苦，而潘蜜拉以無比的勇氣，誠實地面對並記錄了這一趟煉獄中的心路歷程，寫成《靈魂暗夜》一書。書中，她以自身經驗寫下憂鬱症、躁狂症、厭食症等精神疾病，誠實且勇敢地自我記錄並剖析真實過程，那是作者自我療癒的過程，同時也給了讀者許多珍貴的啟示。

類似的例子不勝枚舉，幾乎所有的創作在一開始的時候都是為了撫平自己的情感或情緒，那是書寫的發軔。

所以可以這麼說：書寫的出發都來自於自我療癒的渴望。透過書寫中的自我療癒，創作者因此轉化悲傷，然後得到平靜。

同樣的，什麼時候會讓你有拿起筆來的慾望，是不是為了寫下那些流過心裡的感受時？

人生是各種回憶的交織，總有一些事情是你想起來的時候會黯然神傷，或是依然耿耿於懷，那些記憶成為心底的伏流，往往令人在回想時泫然欲泣。這時，一本筆記簿和一支筆，可以讓我們好好安頓自己。

從某個角度來說，人生就是受傷與療傷的過程，而書寫就是自我治癒的途徑。

當我們書寫對某個縈繞心頭的事件所帶來的感受時，就是在整理自己的內心，而有些澈悟或洞見，會像是暗夜中的星光，經由文字的呈現而閃爍明亮。換句話說，因為書寫，我們回溯過往的生命經驗，與自己的心靈有了更深刻的連結。

療癒是安頓身心，自我覺醒的過程。

所有的創作者都會同意，創作是一種療癒，一種與自己的對話，需要內在的孤獨與寧靜。

在虛空中，你把某個東西創造出來，那可能是一篇文章，一首音樂，一幅繪畫，或是一場肢體表演。

它本來是不存在的，是因為你的靈感，以及執行，讓它成為這個世界的一部分。

那個結果如何還在其次，真正重要的是創作的過程，那其中的忘我與投入，會讓你感到泉湧而出的喜悅。也因為那樣的喜悅，所以療癒得以發生。

寫作是內在的自我對話，是進入自己的內心去看見自己。在這個過程裡，你的悲傷得到撫慰，困惑得到回應。於是你有所領悟。於是你被文字療癒。於是你擴展了內在的領域，展開了心靈的旅程，然後得到了屬於自己的喜悅、自由與平靜。

自由書寫可以讓你拋開內在制約，而療癒書寫將進一步讓你深入內在去探索自己。

若能面對真實的自己，也就是內在療癒的開始。

所以，親愛的，你願意在書寫中面對真實的自己嗎？

療癒是核心信念的改變

你的世界是你的核心信念創造出來的，
你若瞭解你的核心信念，就瞭解你的命運；
當你改變了你的核心信念，也就改變了你的命運。

書寫帶來的療癒有兩個層次，第一個層次在明意識，第二個層次在潛意識。

明意識層次的療癒，是當下的澈悟，因為懂得了，所以也就釋懷了，然後放下了。

潛意識層次的療癒，則是核心信念的改變。

所謂核心信念，就是你對自己的存在所抱持的強大觀念，也就是你據以建造你的人生的那些信念。

核心信念往往埋藏在內在很深的地方，像是海面下的冰山，除非潛到海底去深入自己的內心探看，否則不易察覺。

舉例來說，如果你總是遭遇金錢方面的困難，也許是你的潛意識裡對於金錢有著匱乏感或是罪惡感，而這種恐懼的能量形成了人生裡的金錢問題，於是你所體驗到的財務困難，就符合了你潛意識裡對金錢的設定。

或是你一再遇到不真誠的對象，那麼在你的潛意識裡，很可能有著對自己的不安與懷疑，因為你覺得自己不夠好，不值得一份美好的情感，所以你的現實人生也就安排了類似情感模式的反覆發生，符合你潛意識裡對自我與親密關係的設定。

說到底，人生中所發生的一切，都是先經由你內在的認可才顯現於外，而你渾然不覺，畢竟那些都在潛意識的層次，是你無法以意識察覺的。

歸根結柢，造成外在事件的，都來自於我們內在的核心信念。喜悅吸引喜悅，悲傷吸引悲傷，豐盛吸引豐盛，匱乏吸引匱乏。沒有例外。

核心信念是一團結構密實的信念，正面信念與正面信念交織影響，負面信念與負面信念交織影響。

核心信念的形成往往是童年經驗、家庭教育作為基底，年深久遠，可能已經被你遺忘，但一切發生過的其實從未消失，而是埋藏在潛意識裡，要破除並不那麼容易，若想要改變，必須深入自我內心去省察。

「我們內心深處的一個轉變，會使宇宙也一起發生改變。」

這是十三世紀蘇菲派詩人魯米（Rumi）的詩句，他說的就是潛意識裡，核心信念的轉變。

當你的核心信念改變，外在的一切也就跟著轉變。我們的人生是如此忠實地反映內在的認知。

總是先有裡面，才有外面，外在世界都是內心世界的投射。

所以可以這麼說，發生在個人生命中的一切都是合理的，因為那些發生都經過了個人認證。你覺得生命是一場歡慶，生活中就常有喜樂發生。你覺得人生苦海無邊，人生果然就苦不堪言。

再進一步來說，憂慮戰爭只會引發戰爭，愛好和平才能帶來和平，親愛的，你看出了這其中核心信念的不同嗎？

心想事成是確實存在的，但不只有好的事情是心想事成，不好的事也會心想事成，而那其中的癥結，就在於我們的核心信念。

對同樣的一件事，也許你相信自己可以，也許你相信自己做不到，無論如何，最後都會證明你是對的，因為你相信什麼，什麼就會成為真實。

如果你相信自己是渺小無力的，覺得處處事與願違，你的人生就會讓你不由自主，以符合你的核心信念。如果你相信自己是神的一部分，擁有無限的創造力，你的人生就會充滿可能，朝著你想要的方向而去。「相信」是一種奧妙無窮的能量，所以耶穌說的「信我者得永生」是有深意的。

愛與感謝的信念會加速細胞茁壯，恐懼與擔憂則會抑制細胞生長。著名的細胞生物學家布魯斯立普頓（Bruce H. Lipton Ph.D.）指出，信念的力量比基因更強大，他在總結一生的研究之後這麼說：「掌控我們人生的不是基因，而是信念。」

你的世界是你的核心信念創造出來的，你若瞭解你的核心信念，就瞭解你的命運；當你改變了你的核心信念，也就改變了你的命運。

聖雄甘地也說：「你的信念成為你的思想，你的思想成為你的話語，你的話語成為你的行動，你的行動成為你的習慣，你的習慣成為你的價值觀，你的價值觀成為你的命運。」

人生裡有百分之九十以上的生命經驗，都是由潛意識心智的慣性程式所塑造，換句話說，一切外在際遇，都是由個人內在出發。

每個人都是自己人生的創造者。所以，要對自己的生命負責，這是真的，因為一切都符合你的核心信念。然而核心信念不易察覺，唯有深入自己的內心去探看與校正才能改變。

那麼要如何深入己心呢？除了靜心，別無他法。

若是常常在靜心之中自我觀照，就會看見事情的發展往往在自己內在的脈絡皆有跡可尋。

回想起來，發生在我生命之中當年的那場嚴重陷落，也是來自於我曾有的核心信念。

因為年輕時的我喜歡悲劇，總覺得喜劇很膚淺，悲劇才能觸動我的心弦，所以在無形之中，自己的生命故事也就往悲劇的路上走去。

我當時渾然不覺，是在後來的書寫與自我清理中，不斷往自己的內在挖掘，這才逐漸明白，原來一切外境都是自我內在的回應。

我們總是在個人的生命舞台上演出自己設定的角色，而且還演得渾然忘我，卻不知那都是自己給自己寫下的生命劇本。

靜心之中的療癒書寫，可以幫助我們清理內在，看見是什麼樣的信念在自我阻礙，而當內在清空之後，也可以藉由書寫給自己新的指令，植入正面的核心信念。

植入正面的核心信念，屬於能量書寫的範疇，本書後面會提到。在此之前，請先以療癒書寫來愛自己，清理自己，支撐自己。同時，我也想把這則朵朵小語〈你的世界是你想出來的〉送給正在讀這本書的你：

想著你想要的，而不是想著你不想要的。

例如你希望身體健康，就想著自己健康的樣子，而不是憂慮生病。

例如你希望生活富足，就想著自己富足的樣子，而不是擔心貧窮。

思想與情緒都是能量，當你想著什麼，那個什麼就會漸漸強大，甚至成形。所謂心想事成，你的世界就是你想出來的啊。

所以，親愛的，想著好事，讓好事發生；不想要的，就別想了吧。

內心之家的內在小孩與神聖意識的高我

內在小孩需要被治癒，
高我則以智慧化解一切傷害。
它們都是你的一部分。
療癒書寫就是
讓你的高我去對你的內在小孩說話。
在這個過程中，
你會看見自己過去曾經受的傷對你造成的影響，
但你也會明白自己有能力為自己療傷。

在占星學上，內心之家是第四宮，天底所在之處，也就是我們的原生家庭，延伸為心理學上的童年經驗。

內心之家所發生的一切，有些你仍然記憶鮮明，卻有更多是你想不起來的，然而它們其實並未被遺忘，而是進入你的潛意識，一直在你未曾察覺的層面影響著你對許多事情的認知。

我有一個朋友，各方面條件都很好，但她卻對自己缺乏自信，最令人不解的是，她明明長得好看，卻總是覺得自己很醜，也不相信有人會喜歡她，所以感情一直處於空窗。

後來在深層的自我催眠當中，她回到幼兒時期，聽到她的母親對一個來拜訪的阿姨說，我這女兒長得醜，將來很難得人疼。也許母親只是謙虛，她對當時的這一幕也早已不復記憶，這句話卻從那時起就進入她的潛意識，成為她的核心信念，也成為她對自己的認知。

核心信念總是埋藏得很深，明意識不易察覺。

例如我有一位寫作班的學生，常常要為家人還債，我請她先靜心，然後檢視自己的內在，並幫助她釐清她的核心信念，這才發現她有一個很不容易察覺的信念是，「為家人還債，可以讓他們知道我是有用的人」，另一個信念則是，「有債務要處理，人生才會更需要積極努力」，因為她以如此正面的角度來看待負債這件事，所以她的生活裡就有了債務的不斷存在。外在世界總是如此忠實地反映個人內在的認知。

每個人的成長過程難免有傷，那個傷的源頭也許已經被我們遺忘，但是那個帶著傷痛的孩子還在，他常常感到不安，恐懼，孤單，無助，那是你的內在小孩（Inner child）；即使你已經成年，甚至可能已經為人父母，但你的內在小孩一直住在你的內心之家裡，渴求你的重視，需要你的關注。

而在你的意識之上，還有神聖意識，那是洞察一切、充滿智慧的意識，也就是你的高我（Higher Self）。不同於守護天使或指導靈是你必須去連結的能量，高我本來就是你的一部分，只是高我在一個更高的維度裡，那是以太之上的層次，你的肉眼看不見，但當你靜心的時候，你所感覺到的那個平靜且超越的存在，就是你的高我。也只有在深刻的靜心之中，你才能感到高我的存在。

內在小孩需要被治癒，高我則以智慧化解一切傷害。療癒書寫就是讓你的高我去對你的內在小孩說話。

在這個過程中，你會看見自己過去曾經受的傷對你造成的影響，但你也會明白自己有能力為自己療傷，而且這件事除了你自己，誰也無法辦到。

當高我帶著透徹的洞見撫慰了內在小孩的創傷，治癒就在其中發生，而我們可以透過療癒書寫來完成這個過程。

書寫練習

療癒書寫

你進入自己的內心，就像進入一片森林。

你看見心的森林中，自己的失落、徬徨、困惑、悲傷。

你面對內心那個真實的自己，寫下內在的風景。

在安靜的自我對話中，藉由書寫的帶領，你傾聽內在的聲音。

那個內在的聲音，可說是另一個更高的我，也可說是潛意識或靈感。

聆聽內在聲音的回答，寫下給自己的領悟，得到心靈的跨越，也得到療癒。

如此，你與過去的自己達成和解。

這就是療癒書寫。

現在，讓我們進入療癒書寫練習。

閉上眼睛，安靜下來，靜坐一會兒，聆聽內在的聲音……

讓你的心自然地回到生命中的某個時刻，那時曾經發生一件事，至今依然讓你感覺遺憾或悲傷或悵惘的一件事，那是什麼事件？給你什麼感覺？寫下來。

這是你的內在小孩在說話。

寫著寫著，你的內心開始浮現某種領悟、感觸或洞見，你漸漸明白那些事的發生是為了讓你看見什麼？學習什麼？寫下來。

這是你的高我在回答。

在書寫的過程裡，你明白一切的答案早在你的心中，只是藉由書寫將那些心中的洞見整理出來。

當你看見，並且明白，療癒也就發生了。

練習療癒書寫時，如果一開始不知要寫什麼，或是想不起來有什麼事可以回憶，就寫下對自己的感覺。

自己是個怎樣的人，有怎樣的個性，怎樣的徬徨、恐懼、困惑、擔憂？而你就是自己最好的朋友，會如何安慰你自己？開導你自己？

療癒書寫適合在夜晚進行，尤其適合有月光的夜晚。

寫完之後去好好睡一覺，然後好好做個夢，看看夢境要對你說什麼？我們的夢境中總是有許多線索與訊息，療癒書寫過後，你的夢會給你回應，請用心感受。

親愛的，夢中的你與過去的某個傷痛和解了嗎？

療癒書寫的關鍵：往內看

療癒書寫就是寫下你內在的旅程，
寫下那些星雲的奧秘。
你的每一步都是走向更深刻的自己，
藉由文字的梳理，你更清澈地凝視了自己。

總是先有內在核心信念的形成，才有外在事件的顯化與發生。所以，要療癒外在帶來的種種創傷，都並非是去追究外在事件，而是回到自己的內在，看看你心裡曾有的發生。因此，療癒書寫的關鍵，在於往內看。

往內看是一個人和自己內心的對話，看看你的內在小孩有怎樣的悲傷與孤單，也看看你的高我有怎樣的洞見與智慧。看看你的心靈風景有怎樣的高山與大川，也看看那其中不為人知的秘境與小徑。

一個人無論旅行過多少國家，攀登過多少山峰，若是不曾進入自己的內在，那麼真正的旅途其實從未開始。

就算知道了九大行星的知識，卻不知道自己內在星雲的奧秘，那麼對於生命依然是一無所知。

療癒書寫就是寫下你內在的旅程，寫下那些星雲的奧秘。你的每一步都是走向更深刻的自己，藉由文字的梳理，你更清澈地凝視了自己。

往內看，在靜心與覺知之中看著自己內在思緒的生成與寂滅，你發現了世界上最無常的就是自己的一顆心，僅僅是這樣的一個認知，就已經是無與倫比的療癒。

·第三章·

靈性書寫

——書寫讓你進入平安之境——

真正的平安是內在的平安，
也就是神的平安。
藉由書寫，你知道自己從未與神失去連結，
也知道你就是神的一部分，
就是光與愛的本身。

夢的訊息帶來靈性覺醒

當你時時刻刻意識到自己正在人生之夢裡，
也就時時刻刻保持了清明的覺知，
或是反過來說也是一樣的，
當你時時刻刻保持了清明的覺知，
也就時時刻刻知道人生只是一場夢境。

你喜歡做夢嗎？你對自己所做的夢感到好奇嗎？你曾經為自己做過夢的解析嗎？

夢是無限的領域，超越身心層次，夢境總是充滿訊息，它打開了潛意識的小門，解放靈魂，揭露啟示，帶來某種超越，某種領悟，進而帶來意識的躍升。

我從小對夢就充滿好奇，也作過許多有趣的夢。在童年的時候，我常常夢到連人帶床飛出窗外，像乘坐著童話裡的魔毯一樣在天空裡遨遊，那種感覺很真實，並不像夢，我甚至還能感覺夜風拂過臉頰的冷冽。

多年以後我讀到印度神秘大師奧修對夢的解釋，才知道那是乙太體離開肉身的旅行，從另一個次元來說，確實不是夢，而是真實的發生[1]。

青春期的時候，曾經有很長一段時間，我的夢像是連續劇，在夢裡我有另一個身分，另一種人生，白天醒著的時候我是這個人，夜晚在夢裡我是另一個人，而當我在這兩種不同的狀態時，都覺得很真實，但我白日不記得夜晚的夢，夜裡做夢時也遺忘了白日的自己。

那樣的經驗讓我對「人生如夢，夢如人生」這句話有很深的認同，那並不是形容而已，在我來說是真實的發生。因此我從小就知道，此生不過只是

1. 古印度人認為人有七層能量體，由內而外分別是肉身體、以太體、星光體、心智體、靈性體、宇宙體、涅槃體。以奧修的解釋來說，每一層的能量體都有不同的夢境，也都有不同的真實。前一層能量體的夢，往往是下一層能量體的真實，例如對肉身體來說，飛翔是夢境，卻是以太體的真實。

一場夢，當日後有一天離開這個人世時，將會在另一個更高頻的意識中醒來。

我也夢過一個多年未見的朋友，那是在一隊前進的人群中，我走在後面，前方忽然有人回頭看著我，而我認出他的臉，知道是那個朋友。夢中的我們頗有一段距離，並未交談，但他的眼神帶著哀傷，讓我醒來之後念念不忘。當時我不明白，這些年來我們並無任何聯絡，為什麼會夢見他？過了一段時日，我才聽說那個朋友在一次災難中過世了。

回想起來，他過世的時間，應該就是我夢到他的那個時候。他是來告別的。那個夢讓我知道，生死之間的界限在夢中並不存在。

我還常常做清明夢。所謂清明夢，就是做夢的當下知道自己在做夢。總是在做夢的某個瞬間忽然意識到：「啊，這是夢！」接下來我就開始為夢境編劇了，在現實中做不到的，在清明夢中都做得到了，例如想走在水上就可以走在水上，想飛到雲端就可以飛到雲端，因為心裡很清楚這是夢，而夢裡是什麼都可以發生的，所以只要我願意，我喜歡，就發生了。

因此每次從清明夢裡醒來的時候，我總是想，若是把那種「啊，這是夢！」的感覺也帶進現實人生裡，不再給自己任何信念上的限制，是不是也就什麼都能做到了呢？

畢竟決定人生的本來就是我們的信念啊。

神秘主義者兼心理學大師榮格對夢的解釋是這樣的：「夢是通往自我整合的道路，其內含超越個體的神聖功能，是進入集體潛意識的管道。」也就是說，夢境潛藏著無限的訊息，如果我們可以解析自己的夢，就能對自己有更多的理解。是的，夢是我們觀看自己潛意識的一個管道，或者說，一個舞台；夢境是潛意識訊息的演出。

榮格也說：「往外張望的人在做夢，向內看的人才清醒。」

當你時時刻刻意識到自己正在人生之夢裡，也就時時刻刻保持了清明的覺知，或是反過來說也是一樣的，當你時時刻刻保持了清明的覺知，也就時時刻刻知道人生只是一場夢境。

而這就是靈性的覺醒。

我在我的散文集《花開的好日子》裡寫過許多我曾做過的夢，容我在這裡摘錄一些關於夢的心得，我覺得這兩段話很適合放在這裡：

夢總是揭露了潛意識裡的什麼，讓人偶然瞥見意識之下那一片不可測的深海，海裡可能有發光的魚，也可能有陸地上無法想像的怪奇生物。夢的視窗讓人看見了自己渾然不覺或已經遺忘的某個部分。而清醒地面對自己的那個部分則是夢境之外的事，但一旦看見了，知道了，就是自我療癒的開始。

夢的探索是無盡的，那時，夢的視窗依然會在黑夜裡開啟，依然會讓我看見那些白日的自己也不知曉的秘密，它們像發光的魚，或是像陸地上無法想像的怪奇生物，躲藏在那片潛意潛的深海裡，等著我發現它們，承認它們的存在，或者說，等著我記起某些被遺忘的回憶，關於那個內在小孩，那個永遠需要被愛被擁抱被無條件接納的自己。

靈性書寫練習之1

夢記

夢境是我們的靈魂白皮書，充滿了各種神秘的啟示與預言。

如果你能解讀自己的夢，就能看見其中深邃的涵義，而我們可以藉由寫下個人專屬的夢記來瞭解自己所做的夢。

不必看任何解夢的書，自己的夢只有自己能解讀。親愛的，你就是自己最好的解夢師。

每個夢都是原創，因此你也將發現，在夢中釋放潛能的自己如此有創意。

所以，寫下你的夢，看見內在的靈性風景，得到超越性的洞見，那其中充滿上天要給你的訊息。

首先你必須把你的夢記錄下來。但是我們所做的夢往往醒來之後很快就消散了，所以要趁著夢境還暫存的時候趕緊記下。

準備一本專門寫夢記的筆記簿，放在床邊。早晨醒來之後，躺在床上，保持睡眠的姿勢，讓自己處於半夢半醒之間，因為一旦完全醒來之後，夢也忘了大半。這時寫字不便，但可借助手機裡的錄音功能，盡可能把剛剛做的夢用說的錄音下來。

起床之後靜坐一會兒，然後把錄音聽一遍，想想你的夢境要對你說什麼？

把你的夢境連同你的領悟與洞見寫下來，那即是你靈性的覺醒與看見。

以下範例是我的一篇清明夢的夢記。

我夢到自己站在一個高塔上，四野一無屏障，也沒有可以下去的梯子，如果想離開高塔，我只能縱身一躍。

夢中的我往下看去，地面看起來很冰冷，很遙遠，若要跳下去需要很大的勇氣，而且很可能粉身碎骨。

但我非離開這孤獨又寒冷的高塔不可，這是我唯一想做的事。然而我沒有縱身的勇氣，只感到巨大的恐懼，還有焦慮。

究竟該如何是好？陷入困境的我快要哭了。

忽然間，有個聲音在我耳邊輕輕地說：「何必這麼痛苦呢？醒來就好了啊！」

這個提醒有如醍醐灌頂，於是我就醒了。

恐懼與焦慮彷彿惡水瞬間退潮，當下，我立刻覺得好放鬆，好自由。

躺在床上，我想，這個夢象徵了禪宗的頓悟？還是基督教「信心的跨越」呢？

醒來就好了啊。

離開就好了啊。

放下就好了啊。

許多時候，說再多的道理好像都沒有什麼用，只有瞬間閃過的靈感才是真正被需要的那道光，然而這光總是可遇不可求。

好吧，是頓悟也好，是信心的跨越也罷，無論如何，這個早晨，醒來的我彷彿得到了某種美妙的解脫。

做夢是靈性的療癒，可以讓我們以夢為線索深入潛意識，看見自己的內心。

夢裡總是有著某種洞見與訊息，寫下你的夢記，讓你的夢帶著你跨越現實的藩籬，這是靈性的書寫與夢的療癒。

靈性與靈感之間的關係

靈感與生俱來，
就在你的心田深處。
當你帶著覺知讓心靜下來，
就能與靈感相遇。

常常有人問我，寫作需要靈感嗎？
當然啊，寫作依靠的就是靈感，如果沒有靈感，寫出來的文字就像木屑一樣，唯有靈感的寫作才能讓文字帶著光。
那麼靈感要到哪兒去尋找呢？
噢，靈感無法尋找，也不需要尋找，靈感並非像天邊的鳥跡或掠過的微風一樣不可捉摸。因為靈感不在外界的追尋，而是內在靈性的感知與開啟。

是的，靈感與生俱來，就在我們的心田深處，它是你本來就擁有的，只是被許多不安與焦慮等種種無明遮蔽了。

靈感運用在寫作時，可以讓思緒流暢，運用在生活時，可以在關鍵時刻作出正確選擇，因為靈感同時也是我們的第六感，也就是所謂的直覺。直覺強的人總是可以看穿虛假與欺騙，不會讓自己陷入災難。

人類除了雙眼以外，還有第三眼。第三眼的位置在大腦中間偏後，大小和形狀如同一顆豌豆，現代科學稱之為「松果體」。古希臘人認為第三眼是宇宙能量進入人體的閘門，古印度人則認為第三眼是與宇宙直接交流的通道。在脈輪上，第三眼即是眉心輪所在的地方。若要讓靈感（第三眼，松果體，眉心輪）開展，靜心是唯一的方法。靜心可以增強靈性能量，而靈性是靈感的源頭。

那什麼又是靈性呢？在為靈性下定義之前，不妨先從身心靈的分別來看：

身＝感官／眼耳鼻舌身

心＝感受／喜怒哀樂愛惡欲

靈＝覺知／超越身心層次

靈是超越身心層次的覺知，是意識之上的神聖意識，因此也可以這麼說，靈就是靈魂，就是你的高我。

而你的靈魂，或說你的高我，與所有的靈性能量都來自同一個宇宙大能。也就是說，你的靈性能量是宇宙能量的一條支流。

靈性能量，道家稱之為「炁」（氣），印度瑜伽士稱之為「夏克提」（shakti），西方宗教稱之為「聖靈」（Spirit）。靈性能量是每個人都有的神性能量，也是讓奇蹟發生的能量。

小說家創造了一個想像中的世界，以及筆下人物，讓這些男男女女在這個世界裡愛恨生死。那彷彿是在雲端俯看眾生，不也像是代理了上帝的角色嗎？所以書寫本來就是一種無中生有，一種創造，也是一種奇蹟的發生。

你曾經在書寫時「忘我」嗎？

那種忘我的狀態，就是深度靜心的狀態，也是靈感泉湧的狀態，心流的狀態。那是寫作最好的狀態。

這時的你，已融入整片宇宙意識的海洋，一切信手拈來，一切游刃有餘，一切源源不絕。

「我」往往是最大的障礙。唯有深度靜心時，「我」才不存在。

就像舞台上的舞者，當她在跳舞時，身體是流動的，內在卻是絕對寧靜。除非進入那個安靜的核心，否則無法盡情伸展肢體。此時她必須忘掉台下的觀眾，甚至忘記自己。

寫作就是文字的舞蹈，必須進入那個安靜的核心，忘記「我」的存在。

忘我的書寫是深度的靜心，從無中生有的角度來看，也是奇蹟的發生。此時的你靈感泉湧，而那個湧泉的源頭在於你的靈性。

愛因斯坦說：「神秘是我們所能體驗的最美麗事物，它是所有藝術和科學的源頭。」

而這個源頭，這美麗的神秘，就在我們每個人的內在，就是人人都與生俱來的靈性。

因此我們可以為靈性下這樣的定義：

靈性，就是每個人與神接通的那個部分，就是自性之光，就是愛。

而當你帶著覺知，讓心靜下來，就能與靈感相遇。

人與神之間的親密關係

人與神之間其實是一種親密關係，
不在儀式，不在教條，
不在表面的口號和聚會，
而在內心最深之處。

若說靈性就是每個人與神接通的那個部分，那麼什麼又是神呢？
每個人對神都有不同的認知，而這裡所說的「神」無關於任何宗教，
而是宇宙大能，光與愛的本源。

如果問我有宗教信仰嗎？我的回答是：我有信仰，但沒有宗教。
因為有宗教就有框架，而任何框架都是對信仰的窄化。

我信仰的是愛的本源，而不是人為的組織。我相信宇宙真理都是相通的，真理不會有門派的區別，不會黨同伐異，更不會引發戰爭。在真理中，一切合一。

每天早晨醒來的第一件事，我會先禱告，感謝神給我這新的一天，感謝祂護佑我愛的人和愛我的人，護佑世界上每一個孩子，護佑所有善良的靈魂，護佑一切有情眾生。在書桌前坐下，準備開始一日的生活與寫作之前，我也會祈請我的守護天使、指導靈、所有的高靈、光之靈和眾天使與我一起進行每一件事，共同創造今天與今生。

但與其說我是基督徒，不如說基督的光與愛是我內心的召喚。

每天的晨間靜坐之後，我會誦讀一遍《金剛經》，因為那其中有層層引人入勝的宇宙哲學；任何時刻，當我希望內在安定的時候，也會在心中默念《心經》，除了可以安神之外，我覺得它還是極為優美的文學作品。誦經之後，我會迴向給十方法界一切眾生。

然而與其說我是佛教徒，不如說佛法是我追求的生命哲學。不加入任何宗教，才不會被限制，才有靈性上真正的自由，才能無有恐怖，遠離顛倒夢想，究竟涅槃。

我相信神的存在，只是我心中的神並不是那種人格化的神，而是無所不在的宇宙大能，是愛，是光，是本源最純粹的核心。

約翰霍普金斯大學物理與天文教授理查康亨利（Richard Conn Henry）對於宇宙真正本質的定義是這樣的：「宇宙是智性和靈性的。」一個靈性的宇宙，我認為這正是對於神的新詮釋。所以我心中的神沒有形象，沒有名字，也不屬於任何宗教，而是一股無所不能的力量。那裡是生命的源頭，是最初的所來之處，也是最後將要去的地方。

人最深的痛苦就是與神失去連結。小我活在一個分離的幻象裡，常常感到孤單無助，若是心中有神，知道自己是被愛的，被聆聽的，被支持的，那種恩寵之感，會讓人由衷地感到平安。

人與神之間其實是一種親密關係，不在儀式，不在教條，不在表面的口號和聚會，而在內心最深之處。這樣的親密關係是獨一無二的，無法被任何其他關係取代。

而這種親密關係的交流，在於禱告。禱告就是與神連結的方法。

感謝、相信、交託與臣服

因為感謝、相信，
所以交託、臣服，
這是與神交流的過程，
藉由禱告來進行。
這樣的禱告將帶來神的平安，
也就是內在的平安。

真正有效的禱告不是祈求得到你沒有的東西，而是感謝你所得到的。祈求得到沒有的東西只是強調了某種匱乏，感謝並相信自己所擁有的，才會與更高的頻率相印。基於吸引力法則，豐盛才能吸引豐盛，喜悅才能吸引喜悅；也是基於吸引力法則，匱乏也會吸引匱乏；因此有效的禱告從來不是祈求，而是感謝。

發自內心的感謝會帶來生命的轉化。所以每天晚上，回想一日的發生，找一件感謝的事，想一個感謝的人，養成一種感謝的習慣。

感謝的時候，你的心輪會敞開，接收到更高的宇宙頻率，然後改變你的能量狀態，讓事情朝更好的方向進行。

如果你正為了某件事而困擾，感謝也能帶你脫離目前的困境。

基於吸引力法則，愈能感謝的人，這個世界會回饋更多值得感謝的事物。因此一個常常心存感謝的人，一定也是一個被天使眷顧的人。那並不是他生來就如此幸運，而是他懂得感謝。

若你能從內心深處感謝一切的發生，生命會有很大的變化。當你以感謝面對這個世界，世界也就會呈現給你更美好的樣子。

我所喜愛的作家艾克哈特托勒在他的名著《當下的力量》裡這麼說：

「唯有全然接受自己所擁有的，並為此心生感激——感激本然，感激本體，感激當下此刻及當下生命的圓滿，你才算擁有真正的富足，那是無法在未來獲得的。然後，這份富足感會以各種不同方式向你顯化。」

我完全同意。

禱告時，除了感謝之外，還要全心相信自己已經得到。

相信是一股強大的心靈能量，如果你期待某件事發生，你要先在心裡看見那個發生，還要相信它必然會發生，那麼，它就一定會發生。

就像一朵含苞的玫瑰，她先是在花心裡看見了未來的綻放，屬於一朵花的本能意識也相信自己必然會綻放，當時間到了，她就緩緩地綻放了。

這朵花從不懷疑自己是否會開花，或許該這麼說，這朵花的意識裡只有開花，沒有其他。

而你對未來的期待也是一朵含苞的玫瑰，親愛的，相信你的期待必然會實現，就像含苞的玫瑰相信自己一定會開花。

新時代的賽斯資料[2]說「你創造你的實相」，佛家說「萬法唯心造」，聖經也說「信我者得永生」，指陳的都是內在的核心信念，也就是「相信」。

你相信什麼，什麼就會成為你的真實。這是宇宙法則。

也是藉著禱告，我們得以交託，並且臣服。

交託就是把一切想不透的交給神去想，把一切不知該怎麼做的交給神去做。交託是把自己的煩惱憂愁交付出去，你所憂慮的事，你所掛心的人，都交託給那個無所不能的超凡力量。

常感到雙肩沉重的人，肩頸緊繃的人，夜裡失眠的人，尤其要學會交

2. 賽斯資料（Seth Material）來自於一位叫做賽斯（Seth）的高靈，由美國靈媒珍・羅伯茲從一九六三年開始口述給其丈夫，直至她於一九八四年逝世為止，二十年間留下大量的紀錄，內容包括神的本質、宇宙的起源、靈界、輪迴、業力、夢境、多次元世界、生命的進化……賽斯資料被認為是新時代（New Age）的基石，賽斯所說的「You create your own reality.」（你創造你的實相）也成為新時代最主要的核心信念。

託。交託帶來身心靈的輕鬆與安定，因為你知道不是一人在單打獨鬥，而是有一個無所不知、無所不能的力量在照管一切。

書寫的當下即是一種交託，所以書寫也是建立一種與神相通的管道。

臣服，是放下小我的執著，信任宇宙智慧的帶領，成為宇宙之流的支流，去到該去的地方。

臣服讓人懂得謙卑，一直維持虛假的驕傲去對抗虛無是十分累人的，這世界上絕大多數的事只要靜觀就好，當你願意衷心臣服，順應宇宙之流，會得到平靜與安寧，你對同一件事會有不同的認知。

在臣服之中，你信任那冥冥中的帶領，順應宇宙之流，擁抱每一個當下，也接受一切變化。

因為感謝、相信，所以交託、臣服，這是與神交流的過程，藉由禱告來進行。這樣的禱告有光，有愛，將帶來神的平安，也就是內在的平安。

靈性書寫練習之2

寫下你的禱詞

文字是有能量的。

愛、感謝與相信則具有強大的心靈能量。

寫下你的禱詞，把愛與感謝放進文字之中，並且衷心相信你所禱告的都是真實存在的。

如此，讓文字能量乘上愛、感謝與相信的心靈能量，這樣的禱告才是有效的。

安靜下來。只有在深深的寧靜之中，才能進入更高的意識狀態。當你覺得內心有平安與喜悅升起，就開始書寫。以手寫的方式寫下你的禱詞，不要有多餘的思索，讓你的愛與感謝自然地流動。

以「我願感謝，我願相信，我願交託，我願臣服」作為書寫結束。

寫完之後，將你的禱詞念誦一遍，並且隨身攜帶，時時感覺文字當中的喜悅與平安。

以下是我在今天早晨所書寫的禱詞。親愛的，也請你寫下屬於你自己的。

神啊，感謝祢賜給我內外的平安，讓我時時刻刻處於喜樂的心境。

感謝祢賜給我內外的豐盛，讓我可以享用生命與生活的美好。

感謝祢愛我，也讓我懂得去愛這個世界。

感謝祢同時也愛所有我愛的人與愛我的人，讓他們也像我一樣的平安喜樂。

感謝祢讓所有的壞事遠離，讓所有的好事降臨。

神啊，感謝祢成就一切，也感謝祢成就了我。感謝神讓我知道祢愛我，讓我擁有一切美好。

我願感謝，我願相信，我願交託，我願臣服。

請記得，禱告的重點在於相信你的祈願都是真實的發生；而寫下你的禱詞時，要把愛與感謝的能量放進文字裡。

親愛的，這是你與神的交心，去感受看看，相信你會在其中得到美妙的恩寵。

進入第五次元

當你放鬆，全然地接受當下，
不再有二元對立意識，
內在充滿愛與平靜，
感覺與萬物合一，
你就進入了第五次元。

第五次元，是三度空間的長、寬、高，加上時間，再加上愛，是良善的靈魂所聚集之處，以光或更高意識的形式存在。

宇宙萬物都處於各自的振動，所不同的是頻率的差別，低頻率的振動與恐懼有關，展現出的是痛苦黑暗的負面情緒；而第五次元是一種高頻率振動，對應於我們的心輪，也就是愛的能量所在的地方，傳遞的是內在的平安、豐盛、和諧，一切圓滿。

三次元是地球次元，是小我的世界，充滿各種因為恐懼而生的戲碼，帶來的是各種災難：火山、地震、海嘯、颶風、病毒、戰爭……

五次元是愛與光的層次，不再受限於物質與時間的幻象，並且已經知道自己就是神的一部分，是宇宙大能的一部分，知道自己從未與本源分離，所以因為無明而造成的孤單痛苦也不存在了。

人類目前正在從三次元過渡到五次元的淨化階段[3]，為了清理舊有模式，因此產生很多看似災難的動盪。而這個階段對每一個人的考驗，就在於你是有更多的恐懼，深陷於三次元的幻象，還是你會湧起更多的愛，並知道「光」就是生命實相。

3. 人類的進化正從第三次元進入第五次元，那麼第四次元呢？
關於第四次元眾說紛紜，一般來說，是宇宙各種意識層面的活動區域，人類所有的情感與思想都儲存在這裡，與第三次元交錯並行，並未脫離二元對立。

要從三次元進入五次元，必須提升自己的能量與意識，也就是必須靈性覺醒。

永遠都要讓自己與更高的頻率與意識連結，別讓自己在低頻中陷落。時時刻刻的靜心與覺知，時時刻刻活在當下，時時刻刻以愛為行事依歸，是提升自己的意識與能量的途徑，也是進入第五次元的途徑。

從佛家來說，五次元是佛國淨土；從基督教來說，五次元是天使的國度。然而它並非遙不可及，也不是我們要努力前往的地方。其實你哪兒也不用去，當你放鬆，全然地接受當下，不再有二元對立意識，內在充滿愛與平靜，感覺與萬物合一，你就進入了第五次元。

我自己的經驗是，每一回深度的靜坐，都是進入五次元的途徑，那是難以形容的境界，你可能感覺到自我的消融，可能感覺到宇宙的無限擴張，可能感覺到聖靈以微風吹過的方式降臨，可能看見從未見過的美麗色彩，可能聽到天使唱歌……總之，你被深深的愛所充滿，感覺湧自本體的喜悅，你知道自己是個自由的靈魂，你就是存在本身。

玄秘嗎？一點也不，這是真實不虛的，正如《金剛經》所言：「凡所有相，皆是虛妄，若見諸相非相，則見如來。」

如果我們意識的頻率是愛，就會與其他也在這個頻率上的人們連結，同在一個能量場上呼應彼此。所以，當有更多的人進入第五次元，將帶來集體的揚升。現在的人類就在這個臨界點上。

靈性書寫練習之3

神寫給你的信

你對自己有什麼期待？你渴望成就哪些事情？你想要過著怎樣的生活？你希望十年以後的自己是什麼樣子？

閉上眼睛，進入第五次元，帶著愛、寧靜與喜悅，以神的全觀視角，俯瞰十年後的你。

然後，以神的語氣，用自由書寫的形式，寫一封信給十年後的自己。

這個書寫練習是向宇宙下訂單，而你將在十年之後收到你要的自己。在宇宙時間裡，沒有過去現在和未來的分別，一切都是同時存在的，所以，在書寫的時候，你要相信，你希望發生的都已經發生了，你將成為的那個自己也已經存在了。

而且，這是神的視角。神必然是慈愛的，也必然是無所不知、無所不能、無所不成的，所以相信這封神寫給你的信，信中一切也必然是充滿愛，而且一定會實現的。

和所有的靜心書寫練習一樣，這封神寫給你的信，也是手寫。

以下是我的一位學生所寫。經由她的同意，當作範例。

這位學生在書寫這封信的當下淚流不止，因為她感到自己被一股慈愛的能量流過。其實許多人在做這個書寫練習時都是流淚寫下的，卻不是因為悲傷，而是感到發自內心的強烈喜悅。那種高頻率的振動，正是聖靈來過的感覺。

（自由書寫時會捨棄標點符號，也不分段，但為了便於閱讀，範例中加上了原來沒有的標點符號與分段，並且經過適當的修飾）

親愛的孩子，美麗的靈魂，這些年來你不斷地提升自己，始終走在正確的道路上，無論你遭遇了什麼，也始終保持了你的柔軟與善良，無論何時何地，你都知道只要向上仰望，就沒有任何負面的力量可以把你往下拉，因為這樣的堅持，你得到了眾天使的協助，成為你想要的自己。

你成立了自己的學苑，幫助了許多人，因為你不吝惜地給予，所以宇宙也不吝惜地給予你。學苑的運作一切良好，有許多美好的人帶著美好的能量加入，自成一個良善的循環。除此之外，所有你愛的人和愛你的人也都平安快樂，像你一樣走在他們各自有光有愛的道路上，去成為他們自己。

你住在一幢美麗的房子裡，和你愛他他也愛你的人在一起，房子裡的一切都按照你的喜愛與需求而佈置，院子裡種著你最喜歡的樹木與花草，每天早晨，你都會坐在草地上靜心。

時時刻刻，你都保持著靜心與覺知，因為你知道那是最重要的事。時時刻刻，你的內在與外在都是喜悅豐盈的，你達到精神與物質的平衡，也享受人生裡的一切美好。每個與你相處的人都能感覺到你發自內心的美，那是由內而外散發的平和寧靜，是靈魂的良善。

親愛的孩子，因為你願意感謝，願意相信，願意交託，願意臣服，所以你懂得順流的力量，帶著發自內心的光與愛去成就你的天命，去對待來到你眼前的每一個人。

親愛的孩子，你知道我永遠會在你身邊看顧你，任何時刻你都不需要擔憂害怕。這個世界因為你的存在而更美好，你是受到恩寵與祝福的，你的過去和未來也都有滿滿的恩寵與祝福。

你是神所愛的孩子，永遠都要愛你自己，做你自己，也永遠都要知道自己是被愛的。

靈性書寫的關鍵：相信自己是被神所深愛的

藉由寫下夢記去發現上天要給你的訊息，
藉由寫下你的禱詞來與神交流，
藉由神寫給你的信而明白自己一直都在神的懷抱裡，
親愛的，因為靈性書寫，
你知道自己從未與神失去連結。

人最大的痛苦不是孤單，不是貧窮，不是生病，甚至不是死亡，而是與神失去連結。

必須再重複一次，所謂的神，並非宗教裡人格化的神，而是無所不在的宇宙大能，光與愛的本源。

因為與神失去連結，所以你感覺不到光，也感覺不到愛，然而那並非事實。

事實是，你是被神所深愛的靈魂，神不可能不愛你，因為你就是神的一部分。

事實是，你也不可能與神失去連結，因為在宇宙大能的流動裡，你就是其中的一條支流。

如果你感覺到的是無愛與黑暗，那都是內在的封閉，小我的幻象。光與愛才是生命的實相。當你敞開自己與神連結，感覺自己被光環繞，被愛傾注，你會知道有一個比你更大的「我」的存在。也因為知道自己被包裹在那樣的大我與大愛裡，所以你安然、篤定，沒有慌亂，你知道真正的喜悅與平安。

因為你相信自己是被神所深愛的，所以隨時隨地，你的心裡都有神的平安，那是內在的平安，也是真正的平安。在地球要從三次元過渡到五次元的關鍵時刻，當外界充滿火山、地震、海嘯、颶風、病毒、戰爭……各種挑戰的時刻，你會特別需要內在的平安。

靈性書寫的關鍵，就在於你要相信自己是被神所深愛的。藉由寫下夢記去發現上天要給你的訊息，藉由寫下你的禱詞來與神交流，藉由神寫給你的信而明白自己一直都在神的懷抱裡。

親愛的，因為靈性書寫，你將知道自己從未與神失去連結，也知道你就是神的一部分，就是光與愛的本身。

·第四章·

能量書寫

——書寫讓你成為想要的自己——

在靜心中安頓自己，
並且藉助文字的帶領讓自己朝目標前進。
你要相信自己就是能量，就是覺知，
就是創造，就是奇蹟。
就是美好信念的實現，
就是無限可能的自己。

包括你在內，一切都是能量

一切都是能量，一切都是信息，
一切都會共振，一切也都合一。
能量以光的形式存在，
在光的海洋裡，萬事萬物彼此相連，
沒有例外。

能量無所不在。
愛因斯坦早就說過，宇宙一切都是能量的波動。
一切，包括你現在看出去的所有風景與建築，流過的清風與白雲，也包括你現在正在聽的音樂、正在喝的咖啡，甚至你正在閱讀的這段文字，還有你的肉身，你的思想，都是能量。

是的，無一不是能量的展現。我們活在一個能量的世界，萬事萬物都是能量，我們自己也是以能量的形式存在。

正如美國生物學家詹姆斯．歐什曼（James Oschman）所說：「自然界中的所有交易都是以能量為貨幣。」

意識也是能量，有一個共同的場域，可以進行意識的交流與感知，在這個場域之中沒有距離，一切同步發生，榮格稱之為「共時性」。

意識能量學大師大衛霍金斯（David R.Hawkins）也說：

「人類的個別頭腦就像一部連結到一座巨大資料庫的電腦終端機，這座資料庫就是人類的意識，而我們的認知只是意識的個人表達，它的根源是在所有人類的共同意識裡。這座資料庫是天才的領域，因為身為人類即代表著分享這座資料庫，所以每一個人與生俱來就有取用這份天賦才能的權利。」

也就是說，人類的意識總合為人人皆可取用的共同意識，所有的能量亦總合為「一」。

是的，萬事萬物不僅皆是能量的展現，還彼此交互影響。任何一種能量之中都包含著信息，並以振動的形式存在。宇宙萬物都在振動，而且可以相互接收信息。從量子物理學的角度來看，宇宙是由相互依存的能量力場糾結而成的一個互動網，量子宇宙的訊息傳遞是整體性的。

是的，一切都是能量，一切都是信息，一切都會共振，一切也都合一。

哈佛大學腦科專家吉兒泰勒（Jill Bolte Taylor）有個患有精神疾病的哥哥，讓她畢生致力於研究人類大腦。某天早晨她醒來時，因為左腦的一根血管破裂，使她在接下來的四個小時裡，徹徹底底感受了腦溢血造成左腦功能退化的過程，她無法行走、閱讀、說話、寫字，因為這些都是左腦掌管的，她也忘記了自己的人生，因為過去與未來也是左腦在意的。於是在那個左腦失去功能的過程裡，她實際體驗了右腦的超覺意識。雖然那是一次充滿危險的腦中風，但身為一個腦科學家，那樣的經驗對她來說卻也是珍貴非凡。

左腦掌管邏輯，以線性和規律思考，分類一切細節，關心過去和未來，充滿小我的獨立意識。

右腦則只有現在，專注於此刻，以圖像來思考，以肢體來學習，感受外界資訊以能量的形態不斷地流入我們的感覺神經系統，然後在體內統合成「當下」。藉由右腦的意識，人們得以感受自己是個與外界能量連結的能量體，那是合一的境界，也是大我與大愛的領域。

因為左腦功能關閉，吉兒泰勒這位腦神經科學家完全進入了右腦的世界，她發現自己成為一個觀察者，關注著自己體內的運作，然後很快地，她發現找不到自己身體的界限，組成自我肉身的原子和分子與外界合為一體了，從這時開始，她感覺不到自己，只感覺到能量。一切情緒負擔與壓力都消失了，所有的煩惱也不存在了，只有輕盈、喜悅與安詳。那是涅槃，是天人合一的極樂之境。

也因為左腦功能停止，那個喋喋不休的自我不見了，只有全然的寂靜；在這樣的寂靜之中，在純粹的能量之海裡，已沒有個人與環境的分別，沒有自我與他者的分別，那個境界很美，除了光，除了愛，沒有其他。而她知道自己必須活下來，才能把那樣的經驗告訴人們，畢竟語言文字的功能都在於左腦，所以後來她經歷了一連串救治的過程，而這耗去了八年的時間。

再後來，當她的左腦恢復功能之後，她寫成了《奇蹟》這本書，並以演說告訴人們：我們是宇宙中的生命能量，如果我們把更多右腦的平靜安詳投射到這個地球上，就會帶來世界和平。

吉兒泰勒的經驗是許多神秘學家共有的經驗，只是她因為經歷了腦中風而感知這一切，後者則在靜心中進入與達成。吉兒泰勒帶來的洞見與神秘學家們一貫告知人們的訊息是一致的：

一切都是能量，一切也都合一。能量以光的形式存在，在光的海洋裡，萬事萬物彼此相連，沒有例外。

思想引導能量，能量追隨思想

當你的所思所想帶著光，
能量的流動會帶來正面循環，
會匯入宇宙大能，
而這股大能將成為推動你前進的力量。

我曾經寫過一則標題為〈合一〉的朵朵小語，收在《好喜歡這樣的自己》：

一切都是合一的。那棵樹，樹上的鳥，鳥上的天空，天空裡的雲，雲落成的雨，雨串成的河，河邊的土地，土地上開的花，花間的蝴蝶，蝴蝶飛過的草地，草地上長出的樹。

一切都是合一的。這段文字，文字裡的意義，以及正在閱讀與思索它的你。

一切都是合一的。這個世界其實沒有分離。

一切都是合一的。你就是他，他就是你。

因此，親愛的，善待別人，就是善待自己；愛這個世界，也就是愛你自己。

這是某次我在山上靜心之後寫下的體悟，當時我感受到的，或許很接近吉兒泰勒所感受的。

我們都是宇宙的一部分，在這個宇宙裡，一切相互關聯。

高等理論物理學也證明了，宇宙中的萬事萬物相依相存，一切的一切都被包含在這片能量場的光海之中。我們的肉眼只能適應第三次元，所以看不見第五次元的世界，然而從更高的維度來看，這個世界是以光的形式存在的。

而從另一個角度來看，黑暗其實並不存在，因為黑暗只是光的不在。換句話說，黑暗的想法並不真實，種種的恐懼都是自心的造設，那是緊縮封閉的狀態，是沒有讓光進來。

「思想引導能量，能量追隨思想」，這是新時代（New-Age）很重要的觀念，當你的所思所想帶著光，能量的流動會帶來正面循環，會匯入宇宙大能，而這股大能將成為推動你前進的力量。

每個人都是一座發射台，不斷地向四面八方發射自己的念波，發射所思所想的能量，所以，親愛的，雖然你不曾察覺，但你所投射出去的潛意識一直在影響著你的外界周遭，而外界種種反射回來影響了你，然後組織成你的人生。

總是先有內在，才有外在。外在世界是你內在心靈的投射。一如榮格說的：

「在你能有意識地觀照潛意識的運作之前，它會主導你的人生，而你會以為那是命運。」

所以心想事成是真實不虛的，只是這個「心」指的是潛意識，但潛意識很深邃，我們在日常生活中無法感知，那就像是海面之下龐大的冰山，除非潛到內心的深海裡，否則無法「有意識地」觀照它。

靜心就是潛入自己內在的深海，而那需要日積月累的功夫。

被譽為「最接近神的男人」的世紀天才發明家尼古拉．特斯拉（Nikola Tesla）說：

「如果你想找到宇宙的秘密，就要從能量、頻率及振動的方向思考。」

我們的思想是能量，一切的物質也是能量，只是以不同的形式振動罷了，換句話說，無形的思想與有形的物質在本質上並無不同，都是能量的振動，都在這片能量的光海裡，沒有界限。

愛因斯坦也曾經說過：「物質是由能量構成的。」

整個宇宙其實都是振動的粒子，是先有無形的心念才創造了有形的世界。從心靈到物質，是有脈絡可循的。

所以，親愛的，當你的心靈能量夠強大的時候，可以引導你希望的發生，可以帶來你想要的顯化，那就是所謂的心想事成。而讓自己心靈能量強大的第一步，就是先清理你的能量場。

能量場需要清理

要讓自己活在光的能量裡，還是活在暗處，
永遠都出於自由意志的選擇。

現代科學所說的能量，即是東方傳統所謂的「氣」。能量場就是氣場。某些具有靈視能力的人可以看見別人的氣場，現代的新科技也可以用顯影的方式拍出個人氣場的大小與顏色，藉此判讀個人當下的身心靈狀態。

我在年紀很小的時候可以看到萬事萬物周圍有微微的光，也能看到那些光的顏色，雖然那樣的靈視能力隨著長大而消失了，但小時候的經驗讓我知曉，能量是真實的存在，每個人都有自己的能量場（氣場），一朵花、一片葉、一枚蝴蝶、一隻小鳥……也都在各自的氣場之中，而且交互影響。

清明的氣場帶來身心健康，汙濁的氣場則造成種種不順，所以氣場需要清理與淨化。

而在淨化自己的氣場之前，很重要的第一件事是減少接觸不良的雜訊。如果一個人早上收看充滿車禍消息的晨間新聞，那麼這一天就是一個充斥負能量的開始，若是晚上睡前再收看充滿鬥爭算計的政論節目，那麼又是一個滿載負能量的一日結束。那些負面訊息無形當中被這個人內化為對這個世界的認知，醒時與夢裡都是一片心浮氣躁，投射在他的人生裡，讓他常常感到焦慮不安，而他不會明白，自己的生活為何如此混亂不順心？

其實只要關上電視，就是一種對自我的拯救。

我本來有一台電視，偶爾用來看電影台，自從幾年前，貓咪們在屋子裡追來追去把電視撞壞之後，我就把它送去資源回收了。沒有電視的生活對我而言並無欠缺，我在網路上選擇自己喜歡也值得信任的媒體，追蹤那些深度報導的專題，知道這個島外發生的事情，累積對這個世界的認知，有一種自主的愉快，因為那些是我自己想知道的，而不是媒體硬塞給我的。

親愛的，那些帶著毒素與細菌的資訊並無益處，就別讓它們來破壞自己的心靈健康了。太多低頻率的事真的不需要納入意識，讓自己的心處於寧靜與純淨的狀態，將會更喜歡自己的生活。

不看電視，用多出來的時間閱讀有益身心的書籍，會豐富內在，會擴大生命視野，會改變核心信念，會成為一個更好的自己，人生也會往上揚升。

第二件重要的事，是不要太在乎他人對自己的看法。

你會發現那些氣場強大的人總是充滿自信，這樣的人往往很清楚自己要的是什麼，他們不人云亦云，不輕易受人左右，他們有清晰的核心信念，而那些信念總是帶著光的能量，引導著他們走在成為自己的道路上。

個人的能量場是清明還是汙濁？是強大還是容易被惡意入侵？這直接影響了生活與生命的品質。親愛的，要讓自己活在光的能量裡，還是活在暗處，永遠都出於我們自由意志的選擇。

清理能量場的九個方法

清理能量場，讓自己變得強大，
因為我們愛自己，要讓自己更好。

基於吸引力法則，好的氣場會吸引好人好事，帶來好的循環；不好的氣場則讓人能量低迷、運勢欠佳。所以，常常清理自己的氣場，讓自己的人生往好的方向走。

清理氣場（能量場）最好的方法是靜心，因為心念是一切的源頭。

除了靜心之外，以下這些也是我認為的好方法。

芳香療法

所謂芳香療法，就是萃取天然植物的香氣製成精油，然後以薰香、按摩或泡澡的方式，經由呼吸或皮膚進入人體，讓人得到自然界能量的一種方法，屬於預防醫學的一環。

我們的嗅覺直接聯結掌管記憶力的海馬迴，以及掌管情緒的杏仁核，因此香氣不但可以令人愉悅，還可以讓人更清醒。而且香氣本身就可以改善氣場，在一個充滿怡人香氣的環境裡，會帶動正面的能量，平衡身心。

泡海鹽澡

海鹽具有淨化的功效，不僅可以用來淨化水晶，也可以淨化身心。

準備一缸溫熱但不要過燙的浴水，水量足以覆蓋全身，將五百公克左右的海鹽倒入其中，洗淨身體後，在浴水中浸泡約十五至二十分鐘，這樣能夠去除晦氣。記得不要浸泡過久，以免流入水中的晦氣又回流到身上來。

泡澡前先喝水補充體內水分，泡澡後還要再淋浴一遍，將身上的鹽分清除。

森林浴

森林中充滿了芬多精與負離子，芬多精具有提振精神、舒緩情緒、解除壓力，甚至提高免疫功能的效果，負離子則具有調節自律神經、降低焦慮感及提升肺臟換氣的功能。

森林本身就是最好的氣場，在樹木環繞之中，感受遠離塵囂的寧靜，讓身心充滿芬多精與負離子，可以滌盡所有的負面能量，帶來身心的清暢。

曬太陽

陽光是地球的生命之源，萬事萬物因為有了陽光才能滋養生長，個人常曬太陽也可以預防包括骨質疏鬆等許多疾病，還可以殺菌、增加代謝能力、增強免疫力、減低罹患失智與憂鬱症的機率，好處多得難以說盡。

以中醫理論來說，人體的五臟六腑運行全靠陽氣來支撐，陽氣充盈，人就健康有活力，而曬太陽就是最好的補氣。

每天早晨六點到十點，以及每天下午四點到五點之間，都是曬太陽的好時機，沐浴在金色的氣場之中，接受這來自宇宙的能量，感覺自己內外都充滿光能與熱能，也就去除了累積在身心裡的陰濕之氣。

與大地之母連結

大自然裡充滿了無所不在的能量，常常接觸大自然的人，心胸開闊，能夠在遇到不順時轉念，身心也就自然和諧。

赤足走在草地上，讓腳心直接接觸地面，是獲取大地之母能量很好的方式，如果你常常在電腦桌前一坐就是很久，來試試看，感受會很美好的。

清掃環境

我們所置身的環境直接反應個人的心境。髒亂的環境會堆積晦氣，常常清掃在暗處角落滋生的蛛網灰塵，丟掉不需要的東西，不讓陰暗的能量悄悄累積，身心才會健康愉快。

在整潔清爽的環境裡生活，給自己佈置一個美好的氣場，能量將隨之正面昂揚。

零極限

這是來自夏威夷的一種心靈療法，方法非常簡單，就是常常在心中默念「對不起，請原諒我，謝謝你，我愛你」，藉此清理潛意識，轉化並釋放阻塞的能量，讓人時時刻刻都能歸零，回到愛的源頭，與神性連結。

反覆默念這四句話，在無形當中潛移默化，改變負面心態，令人謙卑、感謝，心中充滿愛，也就為自己營造了一個好的氣場。

斷捨離一切不好的人事物

不要讓不好的人事物來干擾自己，所以能捨即捨，該放下就放下，這不只是為了清理氣場，這還是一生的修行。

除了以上種種方法之外，**寫下你的信念清單**，也是清理你的能量場很重要的方法，內容請見下一節。

必須注意的是，當我們說要清理自己的氣場時，必須帶著愛的意識，因為我們是為了讓自己更好，而不是覺得自己汙穢不潔所以需要清理，那樣自我批判的負面想法反而會增生更多負面的能量。

萬法唯心造，所謂的負面狀態其實也是自己創造的，所以意念才是一切的根源。

而愛是最大的心靈能量，在愛裡自我觀照，身心自然會在和諧的狀態，能量場也就得到了最好的淨化。

能量書寫練習之1

寫下你的信念清單

想想看，什麼是你這一生覺得最重要的？
每當想起那最重要的，你有什麼樣的感覺？
是相信它會實現還是對自己感到懷疑？
是感謝它的存在還是有著得不到的怨尤？
是充滿愛還是充滿其他複雜的情緒？
再想想看，你想要成為怎樣的自己？
你相信自己會成為那樣的自己嗎？
你感謝宇宙成全你成為那樣的自己嗎？
你愛那樣的自己嗎？

帶著相信、感謝與愛，寫下你想要深植在心中的信念清單，然後每日念誦，讓字字句句進入你的潛意識，內化為你的核心信念，進而改變你的人生。

相信、感謝與愛，都是強大的心靈能量。當這三者俱足，充滿你的所思所想時，不再有懷疑，不再有怨尤，也不再有其他複雜的情緒，你就在無形中創造了一個能量強大的內在世界，在那其中，好事將會發生，你希望實現的也會實現。

以下這份信念清單的範本僅供參考，請寫下屬於你的信念清單。信念必須出於自己才有效。

書寫之前先靜心。靜心請見第五章。

慷慨的宇宙所給予我的，永遠都多於我所需要的。

生命是一場歡慶，世界因為我的存在而更光亮。

我時時刻刻被愛包圍，被光環繞。

我是宇宙的一部分，我擁有和宇宙一樣無限的創造力。我相信自己值得擁有一切美好。

發生在我身上的事情總是會在適當的時候以最好的方式呈現。

我活在豐盛之中，宇宙總是源源不絕地供給我需要的一切。我知道發生的每一件事都有意義，都將帶給我正面的益處。

我知道自己是獨一無二的存在。

我可以享有一切美好帶來的喜悅。感謝我的守護天使總是與我常相左右。

感謝這世界總是對我顯現美麗與良善。

我時時刻刻受到上天的祝福、恩寵與眷顧。

我是被宇宙深愛的。

一切都是剛剛好的安排。

我時時刻刻處於靜心與覺知之中。

我深愛我自己，就像神深愛我一樣。

我遇到的每一個人每一件事都帶給我心靈的成長。

一切都是經驗，都有助於我的成長與學習。

我是平安快樂的，我愛的人和愛我的人也都平安快樂。

發自內在的良善讓我美麗。

我總是遇見好人好事。

我一直走在有天使祝福的正確道路上。

我是無限的存有，我具有與宇宙一樣的創造力，能創造我想要的一切。

因為我愛我自己，所以整個宇宙都愛我。

我總是在光中成長，在愛裡自我實現。

我永遠都能原諒自己，因為我知道我的出發點都是良善的，而且也知道我已經盡力做好一切。

我向內觀照，而非往外尋求。因為我明白一切我所需要的都在我之內。

我讓自己更好，因為這樣才能讓外在的世界更好。

我永遠都會以更高的意識和頻率與更高的次元連結。

我擁有神的平安、本體的喜悅，以及終極的自由。

這個世界因為我的存在而更美好，這個世界也一直往更好的方向而前進。

我的信念創造我的真實，而我永遠會在光明美好的意識中創造。

每一個人的成功都幫助我成功，我的成功也幫助每一個人的成功。

相信會有好事發生。

感謝一切的發生。

所有發生的都是好事。

這份信念清單可以無止境地增加，這也是你寫給自己的祝福。

記得在寫的時候，心中沒有一絲雜質，只有純然的相信，純然的感謝，純然的愛，而相信、感謝與愛都是強大的心靈能量，那是顯化的能量，奇蹟的能量，心想事成的能量。

在特殊時期可以特別強調某些信念，並且反覆在心中誦讀。

例如在疫情時期，我不斷在心中重複這句：

「我是平安健康的，我將這份祝福送給世界，一切有情眾生也都平安健康。」

創造一個你想要的世界，相信自己就是那樣的自己，感謝宇宙成全你成為那樣的自己！

是先有內在的發生，才會有外在的發生。所以，親愛的，帶著愛與光的眼神凝視自己，寫下屬於你的信念清單吧。

文字就是能量

靜心加上書寫，
等於文字能量。
如果你真心相信，
就可以將自己的人生帶往你想去的方向。

一切都是能量，文字當然也是能量。以下這個小故事，我曾經寫在我的散文集《花開的好日子》裡。

這是一個朋友跟我說的，關於她去參加黑暗靜心的故事。

那次的靜心，九天的時間都在完全的黑暗中進行，但老師說的實在精采，於是她還是在黑暗中打開筆記本，一邊聆聽，一邊筆記。

「每當下一堂課又開始的時候，我再次打開筆記本，只要觸摸紙面，手指的感覺就會告訴我，上一次寫到哪裡了。因為寫過字的地方與空白處摸起來的感覺就是不一樣，所以我總能順利地從上一次中斷的地方接續寫起。」

不可思議的是，九天之後，當她結束黑暗靜心，再度回到光亮的世界時，發現那些在黑暗中寫下的文字，竟然都能辨識。

朋友跟我說的這個小故事讓我感動與安慰，也讓我對文字有更多的敬畏。

因為這證明了被寫出來的文字確實是有能量的，即使在黑暗中，也能作用，也會發光。

我很喜歡這個故事，每次在書寫課堂上都會說起它，因為我想藉由它來告訴我的學生們，不要輕忽了你所寫下的文字，它們並不是寫完就灰飛煙滅的東西，而是帶著意涵的能量。

靜心加上書寫，等於文字能量。所以，如果你真心相信，就可以將自己的人生帶往你想去的方向！

但前提是，親愛的，你要全然相信那是會實現的，而且，需要靜心。

你想要的一切，都是從靜心開始

你想要的一切，
快樂，幸福，愛，
其實都是從一個人的靜心開始的。

一切都是心的造設。

《聖經》的〈箴言〉說：「保守你心，勝過保守一切，因為一生的果效，是由心發出。」

《華嚴經》也說：「萬法唯心造。」

無論東方或西方的古老奧義，與新時代最主要的核心信念「你創造你的實相（You creat your own reality）」都是一致的。

心，是創造的源頭，創造你的人生，創造你的命運。

你的意識心就像一個水晶球，映照出你所存在的世界。一切的顯化都來自於你心中的所思所想。

白話的說法是，一切都是你的心想事成。這也就是為什麼每個人都該為自己的人生負責，因為你的人生就是你的核心信念創造出來的啊。

不只古老的宗教與哲學，現代科學也證實，人的意識會影響他身處的物質環境。當意識改變，周圍的世界也就會跟著改變。所以佛家說的萬法唯心造，完全符合當代的量子物理學。

換句話說，要改變人生就要從心的層次去改變，那才真是真正有效的改變。

當我們的某個意念形成，那會以波的形式存在，也就像是對宇宙的能量場傳送訊號。所以，要時時警醒，常常檢視自己的內心向宇宙傳遞了什麼訊息？而首先，自己又是如何填充並累積自己的意識？

你最常想的事情是什麼？你最關心的事情是什麼？你是快樂還是憂

愁？是悲觀還是樂觀？不要輕忽任何一個起心動念，它們都是形塑你人生的材料。

因此，你一直不知道的那個秘密就是：你是個創造者，可以將無形的想法變成有形的真實！而這其中的秘訣，在於你必須將個人意識與宇宙意識校準，讓無限的宇宙去創造出你所想要的。

那麼，如何將個人意識與宇宙意識校準？

靜心。

我們已經知道，思想是光的粒子，是可以被科學儀器測量的能量，所以你的每一個起心動念都有來處和去處，也都會影響你的過去和未來。

我們也已經明白，意識可以影響現實，但首先，我們的內部需要統合，也就是說，個人的潛意識（內在小孩）與神聖意識（高我）必須先和諧同步。當這兩者未能統合的時候，那就像是開著一部車，右腳踩著油門，左腳卻踩著煞車，結果哪兒也到達不了。

想想看，我們的心若是沒有靜下來，而是一直處於一團混亂的狀態，那麼潛意識又會招來怎樣的外顯呢？

讓分裂的意識合一，讓內在小孩與高我和諧一致，唯有靜心。

我寫過一本關於靜心的朵朵小語《朵朵靜心小語：一個人的寧靜與甜美》，請讓我為你摘錄序言裡的這段話：

親愛的，如果你要我給你兩個字作為人生的建言，那麼我會告訴你：靜心。

靜心的人知道，外在的一切都是從內心出發的。是先有了內在的小宇宙，才會有外在的大宇宙，現實皆為心靈的投射，若想要改變自己的世界，唯有從靜心開始。

真的，你想要的一切，愛與美，快樂與尊嚴，健康與富有……其實都是從一個人的靜心開始的。我一直相信，只要安排好內在的秩序，外在的一切也將各安其位。而在我的生命經驗中，也如其所是地顯現這樣的人生法則。

歸根結柢，心想事成的前提是靜心。

正如佛法說「空生妙有」，心靜了，心的湖面才能靜止，才能映照天空，才能顯相萬物。

佛法也說「諸行無常，諸法空相」，心不限於任何時空，心有無限維度，先回到心靈的寧靜與空無，才能創造無限的世界。

世界上最珍貴的東西，莫過於自己那顆清靜安定、無憂無懼、水晶般晶瑩剔透的心。用這樣的一顆心來愛世界、愛別人，也愛自己，並且用這樣的一顆心來創造你想要的世界，也顯化你想要的人生。

就像那個尋找青鳥的故事，在外奔忙許久依然徒勞無功，最後回到家來，才發現代表幸福的青鳥就在自己家裡。親愛的，我們要尋找的從來都不在外面，而是在自己心裡。

靜心之後，以書寫向宇宙發出訊息

就像身心和諧才有真正的健康一樣，
精神與物質也必須平衡才有快樂的人生，
也像身體是具體的靈魂一樣，
物質亦是具體的精神。

萬物都是心的造設。
心靈能量在靜心之中產生，而強大的心靈能量，可以帶來你想要的物質顯化。
但是當一個人處於深度的靜心之中，對於物質界的依賴會變得很淡，因為他知道那一切都是幻象，這時還會期待物質界的顯化嗎？

如果可以從此對一切看得淡泊，這當然很好，而且也是一種必要，然而人生這場大夢還是在繼續，我們還是活在物質界裡，若能選擇做豐盛的美夢，又何必做匱乏的噩夢呢？

就像身心和諧才有真正的健康一樣，精神與物質也必須和諧才有快樂的人生，也像身體是具體的靈魂一樣，物質亦是具體的精神，這兩者在能量的本質上是合一的；例如，你想要到山頂去看星星，但你需要交通工具才能到達。觀星是精神層面，交通工具是物質層面，這兩者要同時存在，這件事才能完成。

快樂的人生在於平衡，一個精神生活很豐富的人，必然不會受困於物質的匱乏。內外平衡與自我統合是一致的。任何失衡都會帶來焦慮與不安。所以，希望享有豐盛的人生是理所當然的。

如果對此有不安或懷疑，認為靈性就應該清貧，精神生活與物質生活必然牴觸，這不能說有錯（因為這世界上並沒有真正的是非對錯），只能說這樣的核心信念就會帶來貧窮的結果，因為個人的外在總是符合個人內在對於人生的設定。

人生是一場夢，是夢裡的遊戲，你可以認真地做夢，認真地遊戲，而且做的可以是美夢，玩的可以是快樂的遊戲。

親愛的，你要相信自己可以擁有，你才真的能擁有想要的美好人生。

聖經中的《馬太福音》說：「凡祈求的，就得著；尋找的，就尋見；叩門的，就給他開門。」

寫下你的許願清單，就是一種叩門的方式。

叩門的時候要有力，要清楚，不需要遲疑。

有些人對於寫下這份許願清單會感到抗拒，在明意識裡是因為不相信自己的心願會實現，而在潛意識裡其實是對自己的懷疑，覺得自己不配得到，遲遲無法下筆。

所以這份許願清單也是一個對自己的測試。你可以勇敢無畏地寫下自己的心願嗎？你相信自己是被神所愛的嗎？你愛你自己嗎？

不必憂慮你的心願會如何實現，那是神的事情，是宇宙的工作。

吸引力法則三步驟：要求、相信、接收。

親愛的，你絕對值得一份想要的人生，所以，坦然地告訴宇宙你想要什麼，因此在靜心之後，寫下你的許願清單吧。

利他的心願才是有效的心願

為自己許願時，也要為眾生許願。
帶著利他的心願，才是有效的心願。

有效的禱告是感謝，有效的許願則是加上對別人的祝福。愛是宇宙能量，當你的心處於大愛的頻率，願意無私地祝福他人，祝福世界，就與宇宙同頻，你的心量因此與宇宙能量匯聚，而那樣的大能會成就一切共好的結果。

你可以放心地寫下你所想要的，所希望發生的，你的期待當然是希望自己更好，但你的更好是否能與他人共好？

舉例來說，你希望得到一筆錢去旅行，但你旅行的目的只是為了個人享樂，還是為了旅途中的心靈成長可以為這個世界做更有益的事情？

再舉一個例子，你希望自己的作品被更多人看見，但你的目的只是為了個人的名利，還是為了把更多美好的訊息帶給這個世界？

親愛的，為自己許願時，也要為眾生許願。帶著利他的心願，才是有效的心願。

能量書寫練習之2

寫下你的許願清單

寫下許願清單之前，一樣也需要先靜心。

記得以現在完成式寫下你的許願清單，就像它們已經實現了一樣。如果你能在腦海中觀想你的心願實現的畫面，你的許願將會更有效。也就是說，先讓你的願望在心裡發生，它們才會在現實中發生，而且你還要相信那一切已經發生。

衷心相信，沒有一絲不安與懷疑的相信，這是無比強大的心靈能量，是讓思想顯化為物質的能量。

一樣是手寫，第一行先寫下自己的名字。然後，寫下你心裡那個想要的畫面。

寫完之後，以「感謝宇宙在愛與光中成就一切美好，利益一切眾生，實現一切我心所望」作為結尾，把對別人的祝福包括進來。

親愛的，請記得，利他才是有效的許願。

以下這份許願清單是僅供參考的範本。

我是＊＊＊。我是平安的，我是快樂的，我是喜悅的，我是豐盛的，我愛的人與愛我的人也都平安快樂喜悅豐盛。我住在一幢美麗的房子裡，房子很舒適，安全、溫暖又宜人，我在其中總是感到享受且放鬆。院子裡種著我喜愛的花草樹木，常有流浪貓狗來到我的院子，而我總是為牠們準備食物與溫暖，這裡是牠們共同的庇護所。

我的工作很適合我，它為我帶來讓我更有自信的成就感、豐富的金錢報酬與美好的人際關係，也因為這份工作，我能夠去幫助更多人，讓這個世界更好。我的生活愉快，充滿了愛，我也把喜悅和愛帶給我的朋友，讓他們像我一樣熱愛自己的生活。

感謝宇宙在愛與光中成就一切美好，利益一切眾生，實現一切我心所望。

你所寫下的許願清單是一個流動的狀態，隨時可以依你的生活改變而增加新的項目，或刪去已經不合現況的部分。

親愛的，帶著愛與覺知，以及對這個世界的祝福，坦然地向宇宙祈求你想要的吧！要衷心相信自己值得擁有一切美好，一切美好才能在你的生命中顯現。

「果實啊，你離我有多遠呢？」

「花兒啊，我正藏在你心裡呢。」

泰戈爾這段美麗的詩句，正是心想事成的註腳——果實已經在花心裡，你要的也已在你的心裡，一切正在等待發生。

以晨光書寫讓你的心流接通宇宙之流

書寫的本身就是一種心流的體驗。
若能養成每日晨間書寫的習慣，
讓書寫成為一種揭開一日序幕的儀式，
日子就會有光，人生也會漸漸上揚。

流動是讓一切發生的關鍵。

當你成為一條河流，當你的心與宇宙之心同頻，當你的心流與宇宙之流匯聚，你會感覺到自己與宇宙的合一，你會知道自己被完全地包容與接納在一個宏大的流動的能量場中，此時此刻，你即宇宙，宇宙即你，你可以成就你想成就的，顯化你想顯化的。

那麼，該如何讓自己成為那條河流呢？

養成一種日日書寫的習慣，時間必須在清晨，因為此時是一日的開始，能量是揚升的狀態，充滿展望，適合出發。

書寫就是一種流動，手的流動，意念的流動，所以同時是外在的流動與內在的流動。書寫再加上正面的心靈能量，這股流動就會推動前往我們想去的方向。

在書寫的流動中，我們會先進入個人的心流，然後再匯入宇宙之流。

心流（Flow）理論，是由匈牙利裔美籍心理學家米哈里・奇克森特米海伊（Mihaly Csikszentmihalyi）首度提出，定義是一種將個人精神力完全投注在某種活動上的感覺；心流產生時會有高度的興奮感及充實感等正向情緒。雖然這是二十世紀末才出現的理論，卻是早就存在於人類心靈狀態的事實。東方的道家與佛家早已運用心流技法來發展內在精神，西方宗教也有類似的心靈提升說法。但這當然不是教徒的專屬，而是人人都可以感受的狀態。

心流狀態是寫作時最好的狀態，也是日常裡最好的狀態。

你是否曾經有過這樣的經驗，你沒有任何憂慮煩惱，沒有在思考過去與未來，你只有專注在當下的覺知，此時你做的每一件事都是出於你的心，而非你的頭腦，一切都順暢如流，完全優雅，一點兒也不費力，你輕鬆完成所有該完成的，像是一部自動駕駛的車子，行駛在正確的軌道上，也到達了要去的地方。

這就是心流狀態。

在進入心流狀態時，你會覺得自己彷彿處於某種「寧靜的狂喜」，你不再感覺到自己，所有的小我都拋到九霄雲外，那種忘我像是一種神馳或是沉浸，有如進入某種化境（Zone）。那種天人合一，令人覺得到達了更高的次元。

流暢的書寫本身就是一種心流的體驗。若能養成每日晨間書寫的習慣，讓書寫成為一種揭開一日序幕的儀式，日子就會有光，人生也會漸漸上揚。那需要日復一日的累積，但是非常值得。

我的每天早晨都是從書寫開始的，我稱之為**晨光書寫**。

而在進入晨光書寫之前，親愛的，我要請你先記下以下這段文字，這是讓自己這條河流匯入宇宙之流的心法，當後面再提到的時候，我會以「**心流心法**」來稱呼它。

心流心法同時也是一種能量校準，當你記下並念誦它時，你就開始與宇宙之心同頻，並且與宇宙之流匯聚了。

我是×××（自己的名字）。

我是能量。

我是覺知。
我是創造。
我是奇蹟。
我是美好信念的實現。
我是無限可能的自己。
感謝我的守護天使、指導靈，
所有的高靈、光之靈、眾天使，
與我一起進行每一件事，
共同創造今天與今生。
相信今天會有好事發生。
感謝今天一切的發生。
今天發生的都是好事。

親愛的，書寫中的你是一條河流，當你的心靈能量穩定且強大，你內在的水位夠深，就能讓你的船揚帆出發，往前航行。

兩種與晨光書寫有關的呼吸法

第一種呼吸法是脈輪呼吸法。
第二種呼吸法是宇宙元音呼吸法。

我們的生命就在氣息的一出一入之間，我們也自成一個小宇宙，當我們吸氣時，就如宇宙的收縮，當我們吐氣時，就如宇宙的擴張。

呼吸是連接心靈與身體、內在與外在的通道，與我們的生命品質有直接的關聯。

呼吸也是與生俱來的本能，或許平常的我們對自己的呼吸往往渾然不覺，然而呼吸其實充滿了奧妙的學問。

例如有失眠困擾的人只要學會腹式呼吸，就能一夜好眠。

例如冥想式呼吸會帶來身心靈的徹底放鬆。

而以下兩種與晨光書寫有關的呼吸法，它們將在書寫之前與書寫之後作用，需要先說明一下。

第一種呼吸法是**脈輪呼吸法**。

吸氣時，把氣從海底輪（脊椎下方）提上來，一邊觀想氣在你之內由下往上的過程，一邊深深地用鼻子吸氣。

閉氣一會兒，然後吐氣。

吐氣時，觀想把那股累積在自身的濁氣徐徐吐出去。慢慢地用嘴巴吐氣，直到氣完全吐盡為止。

吐氣的時間要比吸氣更長。

注意，呼吸時背脊要打直，因為中脈順暢，氣才能順暢。

透過脈輪呼吸法，可以清空內在，清理氣場，把自己還原為一個暢通且乾淨的管道，以接收來自高我的訊息。

脈輪概念出自古印度的瑜伽系統。當脈輪通暢時，我們的身心靈也一片清澈，當脈輪堵塞時，就會引起各種身心疾病。

脈輪是人體中七千兩百條的氣脈所形成的漩渦狀能量中心，有七個主要的脈輪，由下而上是海底輪、臍輪、太陽神經叢、心輪、喉輪、眉心輪與頂輪，分別對應彩虹的紅橙黃綠藍靛紫七種顏色。這七個脈輪位於中脈的軸線上，形成與宇宙連接的管道。

七是宇宙數字，我們不只有七個主要的能量脈輪，還有七層能量體，最小的一層就是我們的肉身，往外依序分別是以太體、星光體、心智體、靈性體、宇宙體、涅槃體，這七層能量體也分別對應彩虹的七種顏色。

當七個脈輪與七層能量體的所有顏色合而為一時，就成了白光，而這即是我們的實相，也就是純粹的能量。

但是從人體上是找不到脈輪的，因為脈輪並非肉眼可見，而是涵括了我們的身心靈，換句話說，脈輪遠大於肉身。對照肉身來看，海底輪在人體脊椎下方的位置。

第二種呼吸法是**宇宙元音呼吸法**。

將意識集中在眉心輪（兩眉中間上方，松果體的位置），慢慢地用鼻子吸氣，吸到底。

閉氣一會兒，然後慢慢地用嘴巴吐氣，把氣完全吐盡，吐氣時發出「嗡」的音。

吐氣的時間一樣也是要比吸氣更長。

「嗡」，發音Om，是宇宙元音，即是宇宙始終存在的聲音，也是永恆的聲音。

六字大明咒「嗡嘛呢唄咪吽」以「嗡」為第一個音，這是有深意的。

綠度母心咒「嗡達咧嘟達咧嘟咧梭哈」，

蓮花生大士心咒「嗡啊吽班扎咕嚕唄嗎悉地吽」，

文殊菩薩心咒「嗡阿喇巴札那諦」，
也都是以「嗡」為第一音，可見這個音具有的至高無上意涵。

許多聖者與神秘學家在進入深度靜心中，聽到的都是純然的Om嗡音，
那是愛，永恆，純淨與安詳的境界。

宇宙元音呼吸法可以調整我們的能量振動與頻率，常做這個呼吸法，
就是與宇宙能量進行校準。

晨光書寫不只是書寫

晨光書寫不只是一種書寫方式，
還是一種生活儀式，
一種心靈力量的累積，
一種成為想要的自己的途徑。

晨光書寫是我在某次深度靜心之後的靈感，是我的高我（神聖意識、內在智慧）向我展現的一種書寫方法，我用它來打開我的每一天，讓我的每一天都有一個平靜喜悅的開始。

一日初升的陽光有最好的宇宙能量，如果是雨天也沒關係，只要能在清晨時分藉由書寫來統合自己的心靈能量與文字能量，就是美好的一天。

晨光書寫是為了與你的每一個今天展開對話。因此在書寫時，你要寫上當天預定完成的事，寫上你想要的結果，也寫上你希望發生的事，而你絕對要相信那些事都會實現。也就是說，你每一個今天的主軸先以書寫在紙上演練了一遍。這就像是先鋪設了一條軌道，讓自己行駛前往想去的方向。

同時你也可以寫上今生要做的事，要完成的願望，所以晨光書寫也是與你的一生持續的對話。

如果哪一天一早醒來你就感到沮喪或低落，那麼你更需要在靜心中安頓自己，並且藉助文字的帶領讓自己昂揚起來。你要相信自己就是能量，就是覺知，就是創造，就是奇蹟……在振筆書寫中，你調整了自己的頻率，與宇宙能量匯聚。

若能日復一日進行這樣的書寫習慣，你將發現晨光書寫不只是一種書寫方式，還是一種生活儀式，一種心靈力量的累積，一種成為想要的自己的途徑。

書寫之前先靜心，而最好的靜心就是靜坐。

靜坐時間不拘，以各人狀況而定。不必給自己一定要靜坐多久的壓力，只要開始靜坐，即使只有五分鐘也是有效的，重點是持之以恆。

進行晨光書寫之前，可以放一些音樂。

選擇會讓你感到寧靜的音樂，而且是會讓你忘了它的存在的那種音樂——清靈的頌缽聲、潺潺的流水聲，或是充滿蟲鳴鳥叫的森林音樂，都可以幫助自己進入更深的內在。

讓音樂融入當下，成為書寫環境的背景，所以你需要的是非侵入性的音樂，是讓你的心靈安寧的音樂。

若是音樂總是提醒你注意到它的存在，頻頻打斷你的意識，那就是多餘的聲音，寧可什麼音樂也沒有。

其實，寧靜本身也是一種能量，而且是一種等級很高的能量，是屬於神性領域的能量，能把你帶往心中更深之處，所以若是你所置身的環境十分安靜，就聆聽寧靜吧。

你會需要一本好寫的筆記本，和一支好寫的筆，以及一個無人打擾的空間，一個讓你感覺自在的環境。

筆記本以Ａ４大小最適合，因為完成一頁書寫正好是十五分鐘。這樣的時間長度很適合晨光書寫。當然，如果你有足夠的時間，而且手不會寫痠，想要寫更長更久也是可以的。但至少要寫十五分鐘，才能將一天揚帆啟動。

清晨是一天當中最好的時間，用這段時間來和自己在一起，在美好的宇宙能量中，以文字能量加上心靈能量去驅使你的想望實現。久而久之，人生一定會有所改變，親愛的，你必然會成為想要的自己。

能量書寫練習之3

晨光書寫

晨光書寫分成兩部分，一是靜心，二是書寫。先靜心，再書寫。

在清晨的氣場中，讓心靈能量加上文字能量的相乘作用，催化你希望發生的事情，預定你的一天，也展望你的一生。

早晨的你內在清暢，明意識與潛意識都在同一個軌道上，發出的念波特別清晰，所以不僅能把自己調頻到接收宇宙能量的狀態，而且宇宙也會清楚地接收到你所傳遞的訊息。

靜心部分以靜坐為主，內容請見下一章。

書寫部分則有以下幾個步驟。

1.靜心之後，開始書寫之前，先做六次或八次的脈輪呼吸法。

透過脈輪的深呼吸，讓自己成為一個清暢的通道，準備接收來自高我的訊息。

2.合十，閉上眼睛，意識聚焦於眉心輪，觀想靛色的光。

將心法心流念誦一遍，誠心祈請你的守護天使、指導靈，所有的高靈、光之靈和眾天使與你一起進行每一件事，共同創造今天與今生。把愛、感謝、相信這些強大的心靈能量帶進你接下來的書寫，同時也讓你的書寫進入心流狀態。

3.提起筆來，以自由書寫的形式開始書寫（自由書寫方法請見第32頁）。

寫你今天待做的事，將要完成的事，寫你的期望，你的心願，你希望的發生，包括這一日，也包括這一生。重點在於，你相信它們都能運作得很好，都會實現。而當你的心願實現，也會同步讓這個世界更好。

就像流水不會中斷一樣，書寫也不能有停頓，如果一時不知該寫什麼，就重複寫「**相信今天會有好事發生**」，直到下一個意念進入你的心海。

即使大半頁只有這一句也沒關係，只要能讓自己持續在正向的能量流動之中就好

4.即將寫完一頁時，寫下這段文字作為結束：

「我願感謝。我願相信。我願交託。我願臣服。我願放下。」

然後閉上眼睛，合十，意識聚焦於頂輪，觀想紫色的光，把以上這段文字在心裡再默念一遍，讓感謝與相信的能量持續，讓這些強大的心靈能量支持你接下來的一整天。

然而同時也要將你的期待放下，交託與臣服於無限的存有，讓宇宙接手去完成。

5.回顧當日所寫的內文，把重點摘出，寫在反面那頁的空白頁上。

因為晨光書寫是以自由書寫的方式進行，思緒會跳接，字跡也十分潦草，就像做夢醒來之後沒有立刻把夢境記下來就忘了一樣，晨光書寫也是往往到了第二天就看不懂自己在寫什麼，所以需要做重點整理。

我們往往在書寫的流動過程裡，會有一些靈光閃爍的心念，像是水面的波光，有時當你重讀自己所寫下的內文時才會發現那些靈光，那是你的潛意識與你的密談，也是上天要給你的私訊。把它們整理出來，好好寫下那些洞見，這也是你智慧的增長。這個重點摘要的過程很重要，不只是晨光書寫的收尾，同時也是凝聚更高的頻率與振動在你要去的軌道上。

6.整個書寫過程完畢之後，做宇宙元音呼吸法六次或八次。

聆聽自己發出的Om嗡音，你會發現，隨著晨光書寫日復一日的深入，自己所發出的宇宙元音將會更深長。

7.起身喝一杯水，要慢慢地喝，讓水滋養你的全身。

8.最後做幾個擴大氣場的伸展操，作為晨光書寫結束的儀式。

擴大氣場伸展操的做法：站直，雙腳與雙肩同寬，雙手慢慢先往內畫六個大圓，再往外慢慢畫九個大圓，感覺能量在你周身的凝聚與流動。

這個伸展操可以增強並且淨化你的氣場，不只是在晨光書寫結束時做，平常隨時都可以做。

在晨光書寫中，把每天預定要做的事一一寫下來，並祈請天使與高靈同行，給予助力，這不但是提醒自己今天要完成的事，同時也是讓更高的存有給予力量與祝福，一起進行與完成。而你將發現，這樣做真的會讓你做事時有更好的效率，而且你的這一天也能保持在一種高能量運轉的狀態。

必須特別說明的是，因為我的靜心書寫課程有不同的次第與階段，所以不同階段的晨光書寫也有不同的心法與步驟，而這本書裡的晨光書寫所提及的心法與步驟，都是初階的簡易版本。

晨光書寫是自由書寫、療癒書寫、靈性書寫與能量書寫的總合，在外界動盪的時候（例如疫情期間），更需要藉由每天早晨的靜心與書寫，穩定自己的中軸，給自己打氣，補充正面能量。

就像河流不能中斷一樣，晨光書寫需要的也是日復一日，不能中斷。

親愛的，只要持之以恆，水位就會日漸加深，水上就能行船，船就會前往你要去的地方。

能量書寫（心想事成）的關鍵：放下

心想事成的秘訣，
在於放下執著，也就放下了某種阻力，
所以，帶著感謝與信任，願意交託與臣服，
讓宇宙去接手完成。

我曾經覺得有一種狀態很神奇，那就是，只要是我輕鬆以對的事情，都可以自行運作得很好，但當我一旦開始對那件事給予過多的關注，原本順暢的流動就彷彿水中有了泥沙，從此就有了滯礙，結果也就不能盡如人意。

後來我明白了，這也是心想事成，也是吸引力法則，也就是宇宙的顯化法則。

你的核心信念是什麼，就創造了什麼。好的念頭帶來心想事成，不好的念頭也一樣會心想事成啊。

思想與情緒都是能量，當你想著什麼，那個什麼就會漸漸強大，甚至成形。所謂心想事成，你的世界就是你想出來的，一直以來都如此。

擔憂是一種負面的期待，覺得事情可能會有不好的結果，這樣的意念帶來負面的能量，於是那件事的障礙就產生了，事情就朝著相反的方向進行了。

一直想著那件事，帶著憂慮、懷疑聚焦其上，就是在給那件事負面的能量。

所以，凡事輕鬆以對，讓能量順流去自行運作，才是最佳狀態。

換句話說，心想事成的秘訣在於期待之後的放下。

感謝、相信、交託、臣服，都是放下個人小我，信任一個更大的存有，讓無所不能的宇宙去工作。

我們的意念（心想）會讓想要的實現（事成），但在許下心願、對宇宙發出這樣的念波之後，也必須放下它，鬆開對它的執著，在你這部分才是真正的完成。若是無法放下，宇宙就無法接手，能量的流動就不會順暢。

所以心想事成的秘訣，在於放下執著，也就放下了某種阻力，帶著感謝與信任，願意交託與臣服，讓宇宙去接手完成。

也因此，晨光書寫的最後一句，以「我願放下」作為結尾，那是對宇宙的交託與臣服，也是對自己的提醒。

如果在寫下你的許願清單，也進行了一段時間的晨光書寫之後，還是覺得事情沒有朝著你希望的方向前進，那就回過頭來逐條檢視你的核心信念清單，並且誠實地面對自己，有好好靜心嗎？有達到內外的平衡嗎？意識有帶著愛與光嗎？能誠心地祝福他人嗎？許下的心願有與世界共好嗎？以及，是不是對某些期待太緊握不放了呢？

親愛的，請記得這句話：當你握緊了手，裡面什麼都沒有；當你鬆開了手，你得到的是全世界。

能量書寫的關鍵是放下，所以，當你完成每天的晨光書寫之後，就別再把那些期待掛在心頭，輕鬆愉悅地去面對你的今天與今生吧。

· 第五章 ·

靜心
在書寫之前

永遠都要先靜心再書寫，
因為寫作是內在的旅程，
若是沒有回到自己的內心，
哪裡都無法到達。
是先有內在國度的無限遼闊，
才有外在世界的海洋與天空。

什麼是靜心？

靜心是讓身體放鬆，
讓心情平靜，讓思緒止息，
在無念之中觀照內外世界，
沒有頭腦的運作，沒有情緒的介入，
沒有過去與未來，
只有當下純然的覺知。

「你說，你想去尋找世界上最美的花，
你相信一旦找到了那朵花，
你人生裡的一切迷惑都可以得到解答。
但也許你該做的不是向外尋求，而是往內探索。

那朵最美的花就開在你自己的心裡，
當你的內在旅程到了一定的深度，就會找到她。
親愛的，愛你自己吧！往內探索你自己！
你就是獨一無二的花，就是一切的解答。」

這是我所寫的一則朵朵小語，親愛的，如果你曾經進入過深刻的靜心，你會完全明白文字之間的涵義，因為你正在那樣的狀態裡。

你想要的一切，愛、喜悅、平安、豐盛、幸福，都是由靜心而來。當你的心安頓了，外在的世界也就安頓了。

因為靜心，你的心清澈如潭，映照天空萬物，世間一切盡在其中。平靜的心才能顯像萬物。

因為靜心，你沒有迷惑，沒有猶疑，沒有恐懼，你的內在隨時都有一個更高的「我」可以回答你的問題。當內在靜止，心靈的焦距才會清晰，你也才能聽到內在的聲音。

因為靜心，你不會寂寞，不會想找人填補你的不安空洞，你寧靜喜悅，時時刻刻感到的是內在的豐盈，是超越一切的平靜。

靜心的人可以感受心靈的甜美，感覺生命沒有條件的快樂，當你與自己在一起的時候，你是安然的，當你與別人在一起的時候，你也是安然的。靜心的你往往能帶給周圍美好的安全感，讓人喜歡與你在一起。

靜心的人會有強大的內在，不管外界發生什麼事，都無法破壞內在的寧靜安寧。

所以靜心的人有一種獨一無二的美，因為靜心是一種美麗的生命品質，靜心的你舉手投足都是優雅的姿態，行住坐臥也都是自在的流動。

靜心所造成的正面影響不僅是主觀的體驗，也是客觀的生理事實，科學界早已證實，靜心時從ＤＮＡ、腦波到神經傳導物質都會全面提升，帶來健康的身心變化。所以靜心不只帶來平靜，還帶來健康。

那麼，什麼是靜心？

每一回的書寫課堂上，在開始書寫練習之前，我都會先問學生這個問題。親愛的，如果你正讀到這裡，請你也停下來想想，你對靜心的定義是什麼呢？

有人說：靜心是靜靜地和自己在一起。
有人說：靜心是專心地做手邊的事。
有人說：靜心是無思無念，沒有頭腦的介入。
有人說：靜心是一種忘我與投入，一種專注。
有人說：靜心是沒有過去和未來，只有對當下的覺察。

這些定義都很好，因為靜心是個人感受，只要感受是自己真正體驗過的，一切都是好的。

靜心，按照字面的意思，就是讓自己的心安靜下來。

更深一層來說，靜心是讓身體放鬆，讓心情平靜，讓思緒止息，在無念之中觀照內外世界，沒有頭腦的運作，沒有情緒的介入，沒有過去與未來，只有當下純然的覺知。

所以，**靜心就是覺知**。

靜心的英文是meditation，和冥想同一個單字。所謂冥想，就是什麼也不想，讓腦袋裡那喋喋不休的聲音靜止下來，那些昨日的憾恨，明日的擔憂，全部放下。

所以，**靜心就是冥想**。

靜心的時間是永恆的當下，時時刻刻如果有思緒生起，讓它像雲絮飄過就好，因為你知道心靈的本質像天空一樣，再多的雲朵密佈、再多的雷擊閃電，都能在瞬間還原為空無。

所以，**靜心就是當下**。

靜心是「一種狀態」，已經開悟的人會恆定在這樣的狀態裡，尚未開悟的人則要透過一些方法進入這個狀態，所以靜心也可以說是「一些方法」。

透過靜心的方法，我們讓妄念停止，讓思緒沉澱，我們鬆開自己，丟掉累積的壓力，清除情緒干擾，然後讓寧靜降臨。

「只要靜靜坐著，當春天來臨，草木自會生長。」

奧修這段話，我覺得是對靜心很美的詮釋。

是的，**靜心就是清空內在，讓自己與更高的意識連結**。

透過靜心，進入靜心，看見自己內在那朵最美的花，得到高我給你的一切解答。這是一個很美的過程，也是一個更靠近自己的過程。

親愛的，永遠都要先靜心再書寫，因為寫作是內在的旅程，若是沒有回到自己的內心，哪裡都無法到達。是先有內在國度的無限遼闊，才有外在世界的海洋與天空。

因此，書寫要從靜心開始……

靜心中的書寫，就是那個狀態，也是那個方法，這是你內在的開花，

你因此得到自由，得到療癒，擴展靈性，充滿能量。

要靜心，先放鬆

靜心不是努力去追求什麼，
而是來自於放下與放鬆。
不是追尋蝴蝶的足跡，
而是從自己的內在開出喜悅的花。

生活在忙碌與盲目之中，你的心能安靜下來嗎？

我常常看到許多朋友把日程表排得滿滿的，雖然那樣是為了讓自己過得很充實，但是也錯過了許多當下可以更細膩去覺察的美好之處。

有一天我到一個朋友的工作室找他，我們約好了要一起去喝杯咖啡，但他手邊工作尚未完成，因此我就在一旁等他。他的窗外有一棵非常美的美人樹，正開著滿樹粉色的花朵，在等待他的那段時間，我搬了一張椅子坐在窗邊，一面寫下流過心中的思緒，一面賞花，那樣心境與外境的相互映照讓我非常喜悅。後來在喝咖啡時，我向朋友提起那株風華絕代的美人樹，說他真是幸運，可以天天和那麼美的樹相處。他愣了一下，一臉迷茫：「啊，我的窗外有樹嗎？」

一直低頭忙著工作，卻未能靜下心來抬頭看看窗外，或是眼睛盯著窗外心裡卻被別的事情佔據，因此對於眼前的世界視而不見，那株開花的樹不曾進入朋友的意識，花開的美未能滋養他的心靈，真是太可惜了。

放鬆是對於當下的覺察，是把自己從緊繃的狀態裡鬆開來，是放下對於「我」的一切執著。

放鬆不只有益心靈，也有益健康。

就像一把琴彈久了，反覆被撥弄的琴弦不知哪一天就可能斷了，人也一樣，如弦一般緊繃的日子過久了，不知哪一天也就可能崩潰了。

就算外表看起來一切正常，但內在的緊張還是會讓人生病的；據統計，精神官能症的盛行率是至少25％，換言之，每四個人中至少就有一人為緊張焦慮甚至躁鬱所苦，醫學界也已證實，壓力為百病之源；身心一旦有病，生活就成了一場拖累，生命也就失去熱情。

曾經有一個過度努力的朋友對我傾吐她生活中一層又一層的壓力，聽起來那是求好心切的結果，她對於任何事情都希望做到盡善盡美，時時刻刻的緊繃因此讓她疲累不堪。我勸她要放鬆，她點頭答應，說：「好的，我會加油！我會努力放鬆！」

但是，放鬆就是放下努力，或者說，就是放過那個過度努力的自己啊。

「努力放鬆」是個悖論，放鬆與努力正好是相反的，所以許多時候，與其對別人喊加油，不如提醒對方別再努力了，放鬆吧。

或許我們自己也是那個需要被提醒的人，或許在不知不覺之間，我們總是對某件事過度努力，過度在意，無形之中給了自己太多達不到或得不到的壓力，所以也要記得常常提醒自己，放下吧，放鬆吧。

放下就放鬆了，這只在一念之間。

身要放鬆，心要放下，當身心都鬆開了，就會感到輕安與自由。身體自然健康，心情自然愉快。

若是一個人可以放鬆，周圍自然會形成和氣的磁場；若是人人都可以放鬆，世界就和平了。

親愛的，請記得，放鬆是靜心的開始。

靜心不是努力去追求什麼，而是來自於放下與放鬆。

不是追尋蝴蝶的足跡，而是從自己的內在開出喜悅的花。

你可以這樣放鬆

腹式呼吸、擁抱一棵樹、與大地連結、師法自然……

這些都是十分有效的放鬆方法。

然而最好的放鬆，

還是一顆時時刻刻都願意交託與臣服的心。

那麼該如何放鬆呢？以下提供幾個我覺得很有效的方法。

腹式呼吸

腹式呼吸顧名思義是用腹部來呼吸，吸氣時腹部隆起，吐氣時腹部陷下，總之，吸氣與吐氣的重心都在腹部。

如此緩慢且規律地一呼一吸，感覺氣息愈來愈綿柔深長，心跳會慢下來，血壓會降下來，全身的肌肉也將放鬆下來。腹式呼吸不只能讓人放鬆，還能帶來平靜與健康。

如果還是不知如何腹式呼吸，試試瑜伽的橋式[4]，完成之後，當你躺在地上時，就會自然地形成腹式呼吸。

為什麼腹式呼吸會帶來深沉的放鬆呢？因為這時你的能量都專注在腹部的一張一縮，能量因而遠離了頭腦，也就自然放下了種種頭腦裡運轉的煩惱與隨之衍生的情緒。

在腹式呼吸中，我們會處於無念狀態，所以這個呼吸法對於失眠也有很好的效果。我個人的習慣是一躺在床上就開始腹式呼吸，那往往讓我在三分鐘之內全然放鬆，進入睡眠狀態。

嬰兒的呼吸就是腹式呼吸，所以嬰兒全身都非常鬆柔通透，但人在成長中漸漸有了頭腦與情緒的介入，腹式呼吸漸漸被胸式呼吸取代，那造成了肩頸緊繃與種種健康問題。回到我們初生的狀態，重新學會嬰兒一般的腹式呼吸，是放下頭腦與情緒很有效的方法。

《瑜伽經》有云：「改變你的呼吸，就改變了你的身體；改變你的呼吸，就改變了你的心靈；改變你的呼吸，就改變了你的命運。」

試試腹式呼吸，去感覺那其中的奧妙之處，僅是能讓人放鬆下來這一點，就是非常美好的改變了。

擁抱一棵樹

在印度的阿育吠陀傳統中，可以用一個人的出生時辰加上地區來計算出一個人的「朋友樹」，當覺得能量下降、精神萎靡，甚至緊繃時，就去找

4. 橋式步驟如下：
①平躺在瑜伽墊上，屈膝保持在舒適角度，雙手放置兩側。
②背部平貼瑜伽墊，收緊腹部。
③深呼吸，臀部盡量抬起，閉氣。保持這樣的姿勢一段時間之後，再回到平躺姿勢。
小提醒：做橋式之前先暖身，以免頸部受傷。

自己的朋友樹，靠坐在樹下一陣子，讓樹來替自己調頻、補充能量。

也許我們不知道自己的朋友樹是哪一種，但我們也可以就近找一棵大樹，然後用自己的直覺去感受，若是自己喜歡的樹，就靠著樹靜坐一會兒，或是環抱著樹，感覺與樹的連結，讓樹來為你紓解壓力並回復元氣。

這個方法只能在白天做，因為光合作用的緣故，樹在白天吸進二氧化碳，吐出氧氣，夜晚正好相反。白天才能讓你在擁抱樹的時候吸入的是氧氣。

最好的時間是清晨，每當我在這時去親近與擁抱一棵樹時，總是感覺到有一種清新的喜悅傳到我的心輪，那是愛的能量；樹是如此無私，只要你願意親近，它總是給你無限的滋養。

除了真實的樹之外，你也可以找到一棵自己感覺非常有連結的樹之後，把這棵樹放進你的心裡，一旦感覺疲累，就閉上眼睛，用觀想的方式跟這棵樹連結。

樹是比人類更進化的存在，每一棵樹都有獨特的姿態。每一棵樹的枝枒都伸向天空。每一棵樹都像高僧一樣，處於與世無爭的冥想狀態。

所以，與樹連結，感覺樹的放鬆與平靜吧。

與大地連結

我們日常生活圍繞著各種電器用品打轉，幾乎所有的電器或多或少都會讓我們受到電磁波影響，在觸控式手機出現之後，這個影響更加劇烈，因為觸控的原理是利用人體會導電的性質去操控螢幕的變化，我們身體累積電磁波的速度因此比過去更加快速，所以「接地」這件事也就比過去更加重要。

那麼，如何接地呢？

找到一塊泥土青草地（水泥地、柏油路都不行），然後脫下鞋子打赤腳站或坐在土地上，能夠躺下來當然更好。當你站、坐或躺在泥土青草地上時，可以將累積在身上的電磁波釋放，同時也從土地中獲得能量，這個能量就是所謂的地氣，對於過度使用手機的人們來說，是非常好的紓解。

我很喜歡躺在草地上看著天空，這種時候總是讓我感到大地之母的慈愛，會有一種發自本體的源源不絕的喜悅不斷流過我，也會有一個聲音輕輕告訴我：放鬆吧，放下吧，你已在宇宙的懷抱裡，你是安全的，你是被愛的，一切都會很好的。

師法自然

想像自己是一朵雲，在無垠的天空裡鬆開來，輕輕地飄浮。

想像自己是一朵花，慢慢伸展花瓣，非常柔軟，非常自在。

想像自己是一片落葉，在風中飛揚，飄向遠方。想像自己是一道流水，沒有任何執著，輕快地往前奔流。

大自然裡充滿療癒的元素，我們隨時都可以想像自己是其中的一朵雲、一朵花、一片落葉、一道流水，或是讓你可以寄託心靈的其他。在那樣的想像中，我們學習大自然的無欲無求，無思無念，也得到了美好的放鬆。

現代人的緊繃、壓力、不快樂，往往是因為與大自然失去連結，各種輻射、光害、電磁波在無形中總是帶來各種身心問題；我們若是可以更尊重自然，並師法自然，也就可以活得更愉悅，更安然。

然而最好的放鬆，還是一顆**時時刻刻都願意交託與臣服的心**。身而為人，每天要處理要面對的事既多又繁，如果不能遊刃有餘，不知不覺之中就累積很多壓力，那樣的壓力是無時不在，無處不在的。因此，放下事事掌控的心，不必追求完美，承認自己的有限，願意臣服於上天旨意，願意把自己交託給宇宙，是讓自己隨時隨地都可以立刻放鬆的上乘心法。

萬法唯心造，一切的根源都在於意念，無論是什麼樣的方法，最終都還是要回到自己的內心，放鬆也是如此。

靜坐是最究竟的靜心

靜坐，就是進入自己，和自己在一起，
然後消融自我，和存在在一起。
靜坐是靜心的基礎，
是回到內在的核心，
與宇宙意識合一。

靜心是一種狀態，讓身心放鬆平靜，讓念頭止息。在這樣的狀態裡，你感覺到的是覺知的本身，那樣的洞澈與了然，會帶來內在的平安，本體的喜悅，會達到靈魂的終極自由。

要進入這樣的狀態，我們可以透過一些方法。靜心的方法千百種，但最根本、最深入，也最究竟的，就是靜坐。只要每天有好好地靜坐，就是最好的靜心。

靜坐是靜心的基礎，如果一個人試過所有的靜心方法，卻未曾好好靜坐過，那麼這個人的靜心其實從未開始。

我總是告訴我身旁的朋友，來靜坐吧。

若有朋友跟我說他很憂鬱，我會說，靜坐可以消除憂鬱。

若有朋友跟我說他很不平靜，我會說，靜坐可以讓你進入深沉的平靜。

若有朋友跟我說他被很多煩惱困擾，我會說，靜坐可以讓你與高我連結，讓知曉一切的那個更大的存有告訴你該怎麼做。

若有朋友跟我說他對於人生感到迷惑找不到方向，我會說，靜坐可以讓你進行內在的自我追尋，開始心靈的旅程，如果未能展開這樣的旅程，哪裡都是無法到達的。

有時我會看到一些對靈性充滿渴求的朋友，不斷地上各種心靈成長的課程，或是買各種能量商品，花了不計其數的金錢與時間，卻依然迷茫困惑，我也總是很想跟這樣的朋友說，再多的課程與商品都是外求，都是無用的耗費，其實你只要回到自己的房間，好好靜坐，你想得到的與你想知道的，自然就會得到與知道了。

不是忙碌的課程，不是眼花撩亂的商品，安靜才是進入內在的唯一途徑。

十七世紀的法國哲學家兼神學家布萊茲．帕斯卡（Blaise Pascal）曾經有言：「人類所有的問題，就是不能安靜地待在自己的房間裡。」

他說的是真的。

靜坐就是進入自己的內在，進行一場個人小宇宙的身心靈之旅。

靜坐就像有意識的睡眠，可以讓人得到源源不絕的宇宙能量；這種能量可以提升心智，開啟第六感與浩瀚的智慧之海，進入超感官的領域，知道自己的存在是一個奇蹟，並解脫一切煩惱。兩千五百年前，佛陀就是在靜坐中開悟，那是靜坐的極致境界。

靜坐，就是進入自己，和自己在一起，然後消融自我，和存在在一起。

靜坐不但能擴展意識，甚至能改變大腦結構，開發潛能。靜坐還能培養專注的能力，增強記憶力與理解力，做任何事都能事半功倍。

許多醫學文獻也提出證明，靜坐可以抗壓抗老，預防各種疾病。壓力是百病之源，偏偏現代生活總是忙碌不堪，讓人疲憊、倦怠、緊張不安，所以讓自己在這個高速運轉的世界裡暫停下來，釋放累積的壓力，是一件很重要的事，而靜坐就是最究竟的方法。

靜坐不是要得，而是要捨，放下執念才能豁然開朗。

現代人的共同問題就是無法放鬆，整天忙盲茫，因此身心都出現許多問題。所以，別把自己逼到絕境，要知道暫停，在安靜中重新認識自己。

靜坐讓人洞然明白，穿越受想行識的遮蔽，不再無明。靜坐讓人身心清靜，卸下混濁，意識精微，能量改變，看穿一切無常。

因此靜坐的人不需要尋求上師，因為靜坐的人知道，所有的答案都早已在自己心中。

我總是對身旁的朋友們說靜坐的美妙之處，也總有朋友跟我說靜不下來也坐不住，是的，這需要持之以恆，日復一日，才能慢慢領會其中感受。以我自己的經驗來說，我的靜坐已超過二十年，然而前五年其實未曾真正進入狀況，只要一閉上眼睛就滿滿都是各種念頭，呈現的都是內心的混亂與不安，但我還是天天靜坐。在漫長的撞牆期過後，我終於可以不帶任何自我批判的情緒，如實觀照那些隨生隨滅的念頭。

從此，我慢慢體會了靜坐的美好，那種發自內心的喜悅有如花朵的綻放，而那無法在任何世間的快樂中尋得，那也讓我看穿一切幻象，從許多曾經困擾自我的煩惱中解脫。

再怎麼混亂的心在靜坐之中，終究都會漸漸沉澱下來，我們必須給自己這樣的時間。現代人都太講求速成，試著讓自己安靜下來，讓心靈沉澱下來，人生從此會清明澄澈，不再那麼躁亂，也不再有那麼多因為衝動而帶來的遺憾，這也是愛自己的方式之一。

《西藏生死書》的作者索甲仁波切也說：「學習靜坐，是你這一生能給自己最大的禮物。」

學習靜坐，對內可以擁有平靜、喜悅的能量，對外又能擁有正向的人生觀與源源不絕的創造力，讓身心靈處於最佳狀態。

靜坐與宗教信仰無關，不需要去道場，也不需要把靜坐看得太莊嚴，更不必擔心所謂的走火入魔，靜坐沒那麼玄秘，這不過就是生活中的「暫停」，放鬆下來，安靜地和自己在一起。再說，除非已是宗師等級也很難走火入魔，所以真的無須擔心。

靜坐是深度的靜心，而且與內在的靈感有著直接關聯，因此在我的書寫課上，除了各種能量平衡方法，以及各種呼吸練習之外，我還會引導學生靜坐，希望每個人都能在深度的靜心之中體驗靜坐的美妙，然後進入深度的書寫。

也不只是書寫，若能在生活中，在工作中，都能時時以靜坐來給自己的心靈充電，讓自己保持靜心中的覺知，你將會知道一切都不假外求，整個世界就在你的心中。

靜坐是靜心的基礎，是回到內在的核心，與宇宙意識合一。靜坐是在一個無限的領域中展開一趟無限的內在旅程。靜坐時，你的隱形天線會開啟，會有源源不絕的宇宙能量透過那條天線灌注下來，讓身心得到更新。

靜坐讓你明白，靜默本身就是一種能量，當你往內的時候，你就回到最初，與本源同在，所有的幻相與煩惱都將止息，只有超越一切的平靜，無盡的喜悅將在其中如花綻放。

親愛的，但願我們都能在靜坐之中感受無限與合一。

靜坐的方法

靜坐時，你無思無念，
沒有過去與未來，
只是與自己的呼吸同在，
與這個當下同在。

靜坐與冥想是一起的。靜坐可以消除累積在身心裡的負面能量，讓人得到紓壓與解放，進而處於平靜、喜悅與和諧的狀態。冥想則是讓運轉不休的頭腦得到休息，拋開世俗妄念，培養專注與靜定的能力。

靜坐冥想時將注意力放在呼吸上，即是一種調息，也是一種養氣，可以改變腦波，也可以轉換負面能量，達到清理氣場的目的。科學界也已證實，靜坐是比睡眠更有效的、真正的休息，當靜坐進入無念狀態時，會接受到源源不絕的宇宙能量，讓人身心愉快，精神充沛。

靜坐的門派很多，包括西方的「超覺靜坐」、「正念靜坐」，日本的「崗田靜坐法」，印度的「瑜伽靜坐」，中國的「因是子靜坐」，以及各種宗教的靜坐法等等。大致來說，西方靜坐重點在釋放壓力，東方靜坐則在開悟、與宇宙萬物合一。每個人都可以找到最適合自己的靜坐方法，開始內在的旅程。

在二十多年的靜坐裡，我也漸漸形成了一種獨門的靜坐方法，那讓我可以很快地深入內在的無念狀態，與宇宙意識合一，但這個方法適合現場教學，文字敘述會產生偏差，所以在此還是介紹最大多數人靜坐的傳統方法，而我自己的靜坐也是從這個方法入門的。

首先，在地板上盤腿而坐，單盤或雙盤皆可，一手的手心疊在另一手上，或是雙手十指交叉也可以，這樣的姿勢幫助我們處於穩定的狀態，讓躁亂的心安靜下來。

最好有一塊靜坐用的坐墊，讓尾椎可以撐高，這樣才不會愈坐愈累。若是不方便盤腿，那麼坐在椅子上也是可以的。但還是盤坐的效果比較好。

無論是坐在地上還是椅子上，重點是背部要打直，因為這樣會讓脊椎、頸部與骨盆落在最自然的弧度，讓五臟六腑各就各位，並且保持氣脈暢通。

閉上眼睛，把視野轉向內在，意識專注在眉心輪，觀想靛色的光。為了防止靜坐可能帶來的昏沉入睡，有人習慣讓眼睛處於半閉狀態，但也有人覺得那樣反而很干擾；沒關係，眼睛全閉或半閉，以個人感覺決定。

有人主張舌頭要抵在上顎，因為這個簡單的小動作能讓我們放鬆，專注，感到平靜，並讓呼吸更深入，而且這樣也能將任脈與督脈連結，更有利於氣在體內的運行。也有人主張讓舌頭像一朵雲一樣飄浮在口腔裡才能真正放鬆。沒關係，還是以個人感覺決定，只要是自己覺得舒服的狀態就好。

然後，觀察自己的呼吸。

呼吸是身與心之間的橋樑，也是內與外的通道，藉由呼吸，我們從有形進入無形，從有限進入無限。

不需要刻意地吸氣或吐氣，只要自然地呼吸。讓意識專注在自己的一呼一吸之間，這樣什麼也不想的狀態，就是所謂的冥想。

如果發現自己的思緒飄走了，又生起了一些念頭，不必感到挫折，也無須自我責備，注意力再回到呼吸即可。在這個當下，我們最不需要的就是對自己的批判。

靜坐就是冥想。冥想就是不想。放下頭腦，放下執念，放下自我，放下世界。

如果你感到雜念紛飛，那是很自然的事，但不要試圖分析什麼，也不要有任何判斷，只要在發現自己的意識偏離的時候，再回到呼吸就是了。

放鬆，專注，只是與自己的呼吸同在，與這個當下同在。

漸漸的，你的念頭會愈來愈淡愈少，呼吸會愈來愈輕慢細微，心會愈來愈安靜平和，最後，所有的念頭都止息，你會進入完全靜心的狀態，那是一種對無限的存在敞開的狀態，你將接收到源源不絕的宇宙能量，釋放一切壓力與沉痾，療癒所有的身心疾病。甚至更進一步地改變深藏在潛意識裡的核心信念，也改變人生。

只要每天靜坐，就算只有五分鐘也是有效果的。養成習慣之後，時間再慢慢增加，若能以自己的歲數為基礎時間來靜坐，效果更好，例如三十歲就靜坐三十分鐘或三十分鐘以上，四十歲就靜坐四十分鐘或四十分鐘以上。依此類推。

重點是要持之以恆。

靜坐時，你全部的身心都放鬆，你的意識聚焦在眉心輪，你專注在一呼一吸之間，你進入內觀，你覺察內在身體的感受，你接納一切無常變化。

親愛的，當你覺得有一朵喜悅的花在你的內在綻放，也就明白了靜坐的美妙。

清晨是最適合靜心的時間

讓每一個早晨的靜心與晨光書寫
成為你開始每一天的儀式，
當你這麼做的時候，
就是在累積心想事成的能量。

從占星學來看，上升星座就是你出生的那一天，第一束陽光進入出生地所在東方地平線的那個星座，那也是你命運的起始點。而一日一生，每天清晨你跟著晨光醒來時，也都是一次出生。

所以，從醒來的這一刻展開一日人生的起始吧！無論昨天經歷過什麼，都已是做過的夢，也都已是前世的事。親愛的，你往後的人生就從現在開始，要好好把握這個有光的當下。

清晨是我們所置身的世界從夜晚復甦的時候，是星光能量轉成陽光能量的時候，也是我們的意識從夢境漸漸進入現實的時候，這時的內在特別澄澈清明，靜心會有最好的效果。

晨光之中的靜坐冥想總是充滿能量，最容易與宇宙的頻率共振。宇宙接收了你發出的電波，然後將你的所思所想轉化為具體的形式回傳給你，在你的現實生活中顯像。

早晨的能量清新、昂揚，充滿無限可能，新的一天就要展開，像空白頁等著被填滿，而靜心之後的晨光書寫，就是把屬於這一天的空白頁寫好給上天看，將你的心念具體傳達給無限的宇宙。這是個人的能量校準，也是你在天地之間甦醒之後的定錨。你把自己這一天要做的事、要達成的目標表達清楚，讓你的守護天使、指導靈，所有的高靈、光之靈和眾天使與你一起進行一日與一生的每一件事，這會讓你的一天有一個清爽美好的開始，也讓你往後的人生有了更清晰的藍圖。

能量書寫適合早晨，療癒書寫則適合夜晚，因為前者是展望，後者是回顧。

早晨與夜晚的能量完全不同，不同的能量適合不同的書寫。以我自己的寫作來說，我總是在早晨寫小語，夜晚寫小說，這就像早晨適合咖啡，夜晚適合紅酒一樣，外在情境和內在狀態都是完全不同的。

因為覺得清晨的時間太珍貴，所以我總是很早起。我的早晨充滿了儀式感，對我來說，這是一天的開始，也是往後人生的起始。

醒來的那一刻，我會先躺在床上回想自己做了什麼夢，看看夢境要給我什麼訊息，然後記下我的夢記。

下床之前，我會先禱告，感謝上天給我新的一天，感謝上天守護我所愛的每一個人平安，守護這世界上所有的孩子，守護所有善良的靈魂，守護每一個有情眾生。

起床之後，我會先喝一杯水，然後開始做幾個瑜伽動作，誦《金剛經》，靜坐靜心，之後煮一壺咖啡，進行晨光書寫。

結束書寫之後，我會做一個打開氣場的儀式，在感謝、相信、交託、臣服之中，讓一切交給宇宙去完成，同時也將一切放下，然後帶著平靜與喜悅的心，開始接下來的一天。

這樣日復一日的早晨儀式，讓我的每一個早晨都非常美好，也讓我在接下來的一天裡可以保持時時刻刻的靜心與覺知。而當我回顧所來徑，看見自己一直以來都做著自己喜歡的事，都見著自己喜歡的人，都過著自己喜歡的生活，也已成為自己喜歡的自己，就更感謝，更相信，更能交託與臣服，也更能放下了。

每天早晨的靜心與書寫都是調頻，是校準內在頻率與更高的意識接軌。

心念的力量在清晨總是特別強大，所以，讓每一個早晨的靜心與晨光書寫成為你開始每一天的儀式，當你這麼做的時候，就是在累積心想事成的能量，你相信今天會有好事發生，你相信今生會成就一切美好，透過日復一日的靜心與書寫，你也將成為喜歡的自己，擁有想要的人生。

其實，無論有沒有心想事成，若是能讓自己的每一天都有一個清澈愉悅、充滿晨光的開始，就已經令人喜悅滿滿。美好的一生是許多個美好的一天堆積起來的，人生就是過程的累積。

每一天都好，這一生自然也就美好。

所以，親愛的，我邀請你一起試試看，給自己一段清晨的時間，在靜心與書寫中，為今天的你設定希望發生的事，也為未來的你設定想要的自己，讓每一天都是豐盛美麗有光有愛的一天，日積月累之後，你就給了自己一個美好的人生。

· 第六章 ·

關於靜心
與書寫的生活作業

生活中有一些事情看似平常，
卻對於靜心與書寫都很有助益，
去感受這些日常小事，
就可以與自己的內心連結。

去散步吧

去散步吧，讓自己的身心處於流動之中，
在流動之中感覺自己與世界的和諧共振。

散步是一種動態靜心，當你散步的時候，每一步都走在當下。天上的雲、吹過的風，都在流動，你不斷地把走過的路留在身後，周圍一切亦在流動。世界在流動，你也流動在世界之中，此時此刻，你既是獨立存在，又與萬物合一。

在那樣什麼也不想只是往前走的時刻，有些緊繃的狀態會自然地鬆開。往往走著走著，心中起伏的丘壑就走成了坦然的平原。散步總是令人心平氣和，喜歡散步的人往往也是性情柔軟的人。

其實人生就是一場隨緣順性的散步，外在世界時時刻刻在流動都在變化，安然不動的唯有自己的本心。

我喜歡早晨在山中散步，黃昏到湖邊散步，此時此刻，內在被清空，然後，深深的寧靜將我傾注，那是與自性連結的時刻，也是靈感泉湧的時刻。朵朵小語就是在早晨的散步與靜心之後寫下的。

散步的當下，我看天光雲影的變化，看樹葉在風中搖曳，看不斷從我身旁經過的風景，就只是看，什麼也不想，心中一片清淨，也一片寧靜，飄過的落葉與空中的飛鳥都是我的冥想。很奇妙的是，雖然心中無念，卻會有靈感悄悄生成。

是的，流動是讓一切發生的關鍵。當我在流動的世界裡流動，靈感就發生了。

也常常在面臨小說截稿期限的時候，我不是坐在桌前搜索枯腸，而是去散步，往往在出門前還不知道要寫什麼，回來時卻已有整篇文章在我的腦海中架構完成，我只要把它寫下來就好了。

我很喜歡柴可夫斯基的這段話：「有時候我必須走一段路，因為我知道，只要在路上，我的悲傷就會過去的。」

也不只是悲傷，只要在散步的流動之中，我們的潛意識就會知道，一切終將過去。

走過的路已被留在身後。這樣的認知會帶來當下的療癒。

散步之後的自由書寫，特別能體會「流動是讓一切發生的關鍵」的奧義。

散步之後的療癒書寫，也特別能聆聽內在的聲音。

而在散步當下的平靜與超越，彷彿是與內在的神性連結。

所以，親愛的，去散步吧，讓自己的身心處於流動之中，在流動之中感覺自己與世界的和諧共振。

聆聽讓心靈寧靜的音樂

給自己列一份讓心靈寧靜下來的音樂名單，
讓音樂像風聲水聲一樣融為你的環境背景，
你不是去意識它，而是進入它，
進入自己的心靈，進入書寫的流動之中。

無論是在書寫還是在生活中，音樂都是一種潛移默化的能量。科學界對於顯波學（Cymatics）的研究，已證明了聲音對物質的影響力，所以讓自己沉浸在美好的音樂之中，是讓能量揚升的方法。古典音樂在這方面有美好的效果，新世紀音樂也很好，總之會讓你感到寧靜愉悅的音樂就是對你的心靈與細胞有益的音樂。

科學也證實了，流過我們身體與心靈的每一種振動與頻率都在時時刻刻地重組著我們身體的分子，所以讓自己處於一個安寧的環境，身心才會和諧。

實驗也證明，在優美的古典音樂中，水會產生美麗的水紋，吵鬧的噪音則會製造混亂失序的聲波形狀。而人體內有百分之七十的水，所以想想就會知道，外界的聲音對我們的身心會造成怎樣的影響。長期處在噪音之中的人常感焦慮煩躁，甚至會有精神性的疾病。

總而言之，我們的環境聲音不能輕忽，如果你能讓自己處於正向的音波能量振動之中，就會有百分之七十的你與那樣的頻率同步，而這可以借助音樂的選擇來達成。

我愛聽古典音樂和新世紀音樂，少聽流行音樂，不聽任何熱鬧的音樂，因為那種侵入性很強的節奏會破壞我的內在狀態，讓我分神，感到焦躁。寫作時的音樂尤其要精挑細選，美好悠揚的音符能令我神馳，忘我，於是我沉浸其中，在心流狀態完成書寫。

然而最美的音樂還是大自然的聲音，到了山林裡，任何人為的音樂都成了多餘的干擾，即使是我最喜愛的巴哈也一樣。諦聽寂靜，聆聽微風的低吟，聆聽落葉的耳語，聆聽鳥聲蟲鳴，聆聽花開的聲音，那是任何大師作品都無法相比的天籟。

因為那樣的寂靜，也就同時聆聽了自己內在的聲音。

寧靜也是一種能量，常常走在山林中的時候，我會覺得彷彿是走進自己的心靈深處，會感到被巨大的寧靜能量深深撫慰，那是無與倫比的療癒。

意識能量學大師大衛霍金斯（David R Hawkins）經過多年研究之後，在《心靈能量》一書中表示，寧靜是僅次於開悟的能量等級，甚至超越了愛與喜悅，因為寧靜的能量場與「神的意識」有關，就像十三世紀蘇菲派詩人魯米（Rumi）的詩句：

「寂靜是上帝的語言，其他都是失真的翻譯。」

無論是自由書寫、療癒書寫、靈性書寫還是能量書寫，都請你給自己列一份讓心靈寧靜下來的音樂名單，讓音樂像風聲水聲一樣融為你的環境背景，你不是去意識它，而是進入它，進入自己的心，進入書寫的流動之中。

那麼，那些音符會生出翅膀，帶著你飛向第五次元。

為自己準備一個喜歡的環境

讓你的環境與你的心境合一，
讓這個環境形成美好的能量場，
形成一個專屬於你的神聖空間。

個人所置身的環境是心境的延伸，周圍的能量場也直接連結著你身體的能量場。

身心愉悅健康的時候，你會想為自己打造一個喜歡的居所，反過來說也是一樣的，當周圍的環境美好安適的時候，你的身心也會愉悅健康。

所以，準備一個讓自己的身心靈都舒服的環境，天天在其中靜心與書寫，讓你的環境與你的心境合一，讓這個環境形成美好的能量場，一個專屬於你的神聖空間。

你的環境不是為了展示給別人看，所以無需像裝潢雜誌上的樣品，只要整潔乾淨、沒有堆積多餘的雜物就是美好的環境。

常常打開窗，讓風進來，讓光充滿，讓自己成為風與光中的存在。自然的氣息有助於清理，所以帶著香氣的瓶花很好，帶著綠意的盆栽也很好。只要你置身其中，覺得與周圍的一切自然和諧，這樣就很好。

一切都是能量，所以要常常為這個空間進行斷捨離，那樣的清爽會反映在你的身心靈，你的生活會更順暢，生命會更昂揚，你的靜心會深入，你的書寫也會有愛有光。

親愛的，如果你在這個環境裡感到喜悅，當你在晨光中邀請你的守護天使、指導靈與眾天使們一起來與你一起完成今天與今生時，祂們也才會感到喜悅。

看月亮

月亮映照我們的內心，
親近月亮，也就是更深入自己的內在，
那其中有著深不可測的心靈能量。

你常常看月亮嗎？
或是，你有多久沒有在夜晚抬頭看月亮了呢？
在占星學中，月亮星座代表我們的內心世界，月亮相位多的人總是情感特別豐富，直覺與靈感特別強烈，也特別有想像力。
愛因斯坦曾經這麼說：
「我最偉大的發現，不是相對論，不是能量，也不是數學，而是想像力。想像力比知識的力量更強大。我所有的發現也都來自於想像力。」

不只科學需要想像力，文學藝術當然更是，我總是在作家朋友與藝術家朋友的星圖上看見精采的月亮相位。

當然，不限於任何身分職業，只要是想像力豐沛的人，往往就會有強大的創造力，而這與心想事成的能力有直接的關聯。

凝視月亮，無形之中可以增強心靈能量，並得到內在的療癒。

月亮不只引動海洋的潮汐，也引動我們心靈的潮汐。月亮的能量確實會影響人們，我自己的經驗是，月亮進雙魚時，我總會感覺身體微恙，月亮進牡羊時，生活裡則會有較多變化。

我也常常在滿月的深夜到陽台上看月亮，在默默的凝望中，我感覺自己彷彿得到內在的指引，一些說不出口的心事就這樣被月光撫平。

月亮映照我們的內心，親近月亮，也就是更深入自己的內在，那其中有著深不可測的心靈能量。

許多古老的宗教都有崇拜月亮的傳統，一些古老民族的農事與曆法則是跟著月亮的陰晴圓缺走，而直到今天，還是有著滿月適合許願的傳說。

或許那不只是傳說，因此不妨找一個月圓之夜來寫下你的許願清單，相信其中感受會分外不同。

當你的窗外有月光時，適合進行療癒書寫，所以，親愛的，如果今天晚上有月亮，就去與月光連結吧。讓月光引領你來到自己的內心深處，與過去和解，也與世界和解。

仰望天空

仰望天空，
就是連結你的高我，
連結神性，
連結宇宙，
連結廣闊無邊的大能。

天空是一本無字的大書，總是以雷霆閃電示現許多真理，讓我們知道有常與無常，那是《金剛經》的偈語：一切有為法，如夢幻泡影，如露亦如電，應作如是觀。仰望天空令人體會世間一切皆是幻相，不必執著。天空裡沒有一個字，卻把人生都說盡了。

我喜歡看雲的變化，雲的聚散生滅充滿玄機，那就像眾神的戲劇一樣，我總是在其中看出各種啟示與訊息。

常常在散步之後，我會坐在山崖邊看雲，就這樣靜靜地看去一整個早晨。在這樣的當下，心會漸漸鬆開，鬆成像雲一樣輕飄飄的潔白棉絮。

空中的雲也像是我們的思緒，無論有怎樣的變化，天空才是我們的本心，永遠可以還原為一片清朗空無。

空生妙有，如果我們的心像天空那樣，可以隨時回到不染一絲雲絮的空無，就能領略顯化的奧義。

如果還不能像天空顯化雲朵、顯化雷霆閃電一樣地顯化你的所思所想，那也無妨，任何時候，當你感到內在疲憊空乏，都可以抬頭仰望天空，從天空汲取源源不絕的能量。

天空是父親，大地是母親，人是天地的孩子，而天父地母無比慈愛，總是給予人子一切所需，只是我們必須敞開心靈才能接收。

仰望天空，感受祂的無限包容，也感受自己的心靈廣大如天空。

仰望天空，就是連結你的高我，連結神性，連結宇宙，連結廣闊無邊的大能，對於靈性書寫與能量書寫都能特別有感，那會讓你看見內在的空無，也看見內在的豐足。

常常深呼吸

緩慢悠長的深呼吸，
是我們默默愛自己的一種方式，
在一呼一吸之間，
心靈安寧了下來，
世界也就平和了下來。

呼吸是意識與潛意識、身體與心靈之間的管道，生命就在你的氣息出入之間。

呼吸也是我們連結內在與外在的橋梁，透過呼吸，個人與世界成為一體。

而深呼吸更是有覺知的呼吸，在吐氣與吸氣之間感受氣息於內外的交換，也體會自身與宇宙的合一。

每當感覺疲憊困頓，就停下手邊正在進行的事，閉上眼睛做幾個深呼吸，用鼻子吸氣，慢慢地數六下或八下，然後閉氣片刻，接著緩緩用嘴巴吐氣，吐氣的時間是吸氣的一倍或更長，重點是要把氣全部吐盡，像是把杯子裡的水完全清空一樣，然後再進行下一個深呼吸。

也可以做脈輪呼吸法或是宇宙元音呼吸法（第153頁），只要是深深的吸氣與吐氣就好，而在吸與吐之間那個閉氣停頓的間隙，你會處於完全無念狀態，那是純粹的當下，也是心靈的休憩。

深呼吸是讓自己從手邊進行的事暫停下來，讓自己的心識脫離機械與慣性，專心和自己在一起。這是隨時隨地都可以進行的最簡易靜心，也是最快為自己補充能量的方法。

深呼吸的當下，你深入自己的身心，感覺氣在體內的運行，知道自己就是能量的聚合體。

靜坐依靠觀察呼吸帶入，瑜伽動作要配合吸氣吐氣，氣功也要利用呼吸吐納啟動身體的氣機。呼吸不僅是最簡單的養生之道，與修行也有密不可分的關係。

只要覺察自己的呼吸，我們的心便能安住在當下。

有意識地深呼吸，不斷地把飄走的注意力帶回到自己身上來，可以幫助我們釋放壓力、鬆開執著、療癒傷痛，帶來生命的活力。

我自己的體會是，無論遇到什麼樣的事情，只要閉上眼睛，在專注之中覺察自己的深呼吸，心就會安靜下來，就會得到元氣，就會感到內在漸漸蓄積了能量，而當我再度張開眼睛的時候，已經知道如何平靜地面對處理。

也因為深呼吸，讓我深深覺知，自己的內在就是一個自給自足的小宇宙。

呼吸直接連接內心的狀態，能夠緩慢悠長地深呼吸，內在就不會躁亂。而外在是內在的投射，當你的心是安靜的，外在的一切也就各安其位。

深呼吸是我們默默愛自己的一種方式，在一呼一吸之間，心靈安寧了下來，世界也就平和了下來。呼吸的狀態就是我們當下的心靈狀態。我們可以藉由緩慢悠長的深呼吸來調整心靈，讓自己的內在安和寧靜。

深呼吸是補充能量，也是為自己調頻，在做任何書寫練習之前，若是沒有靜坐冥想的時間，也可以用深呼吸來代替，一樣可以幫助我們進入放鬆與靜心。

常常問自己：我的心是安靜的嗎？

一顆安靜的心，
是讓自己在這個世界上好好活著的核心。
再沒有比好好守護自己的心，更重要的事了。

靜心是時時的自我觀照，所以常常問自己：我的心是安靜的嗎？這句話會把我們帶回有意識的當下，帶回「我」這個能量的聚合體，你放下了外界，回到自己的內在；此時此刻，你不再被情緒牽著走，也不再被他人所左右，你關注的焦點在於自己的心。

而當你回到自己的心，外界的一切也就會安靜下來。

觀照自己的內在，讓自己從心裡安靜下來。

靜靜看著自己，外界的波動也就漸漸平息。

常常問自己：我的心是安靜的嗎？當你這麼做，就會發現自己愈來愈喜歡獨處，也愈來愈安於現狀。

一顆安靜的心，是讓自己在這個世界上好好活著的核心。

我的心是安靜的嗎？每當我感到疲乏困頓，就會這樣問自己。

這句話有一種魔力，會讓自己的心在瞬間清澈、透明，去除一切情緒的遮蔽。

也會因此明白，平靜由我開始，安定由我開始，然後才能擴及外在世界。

身心相連，若是內在紛紜，怎麼會有外在的平安呢？

所以，把心照顧好，不憂懼，不猜疑，不悔恨，不自尋煩惱，不想過去和未來，早晨好好醒來，夜裡好好安眠。

美好的獨處、簡單的生活，在靜心當中感覺一個人的寧靜與甜美。

親愛的，再沒有比好好守護自己的心，更重要的事了。

所以常常問自己：我的心是安靜的嗎？如果是的，那很好。如果不是，那就提醒自己該靜心了。

如此，靜心中的書寫才能得到自由，才能與過去和解，才能進入平安之境，才能在愛與光中心想事成。

後語

關於這本書

這本書本身就是能量書寫的結果，
也正是一個心想事成的實現。
書寫過程十分美好，
就像一條河流輕快地往前流動，
準備匯入遼闊美麗的海洋。

多年以來，我同時編輯與創作，也同時以本名寫小說、以筆名寫小語，非常符合上升雙子雙線進行的特性。

二〇一七年八月，天王星與我本命星圖的木星合相，這兩星交會必然帶來意想不到的改變，我主編了二十年的報紙副刊果然在一夜之間忽然被告知結束，報社徵詢我是否願意轉調他組？我沒有太多思索就決定離開職場，因為我一直有一些想做的事，所以我想，這個改變應該在提醒我是時候了，而我就聽從天意吧。

最珍貴的資源是時間，不是金錢，人生已過一半，時間也愈來愈少了，所以要趕快去做才行啊。

而我想做的事之一，就是成立一個以靜心為主的寫作坊，把我在靜心與寫作上的心得分享給志同道合的朋友們。

*

無論編輯還是創作，我面對的都是文字，長期以來，我習慣這樣的孤獨，也喜愛這樣的孤獨；可是，我明白真正的快樂在於平衡，所以我想我需要一些與我的讀者面對面的連結。

我一直有這樣的想法，卻也一直沒有去做，現在時間到了，那麼就來想想如何開始吧。

很奇妙的是，當我無形中對宇宙發射這樣的念波，不久就收到在身心靈界夙負盛名的「光中心」邀請，問我是否願意開寫作課？

沒有不答應的理由，我欣然應允。

光中心向我邀了三堂課，一週一堂，定在二〇一七年底到二〇一八年初，我雖然很樂意，一時之間卻毫無概念要如何設計三堂的課程；但我也不擔憂，因為我明白只要順著流走，靈感就會出現的。

那年十一月，我到水意盎然的杭州參加一個文學研討會，住在一間很美的旅館裡。有一天夜裡，我在陽台上看著山丘上的月亮時，頃刻之間彷彿被一股神秘的力量下載，我忽然很清楚地知道那三堂課將有的內容，而我也知道那是來自高我的訊息，於是當夜就寫下了自由書寫、療癒書寫與靈性書寫的全部教案流程。

＊

之後我回到台灣，上了那三堂課，深刻地感覺到在課堂上與我的學生們形成一股共同的能量場域，在那樣愛的流動裡，有一種強烈的臨在感，那是文字與心靈的交流，也是情感與想像的交融，那還是另一種形式的創作，在課堂當下即席完成。

後來的每一次開課，都能感覺到眾人之間相互深刻的敞開與能量共振，好似有一條光帶連結彼此，並且有天使群聚在上方看顧一切。

而每一堂課程結束後，一一與每位同學擁抱時，我看見每個人的臉龐都是發光的，那是書寫帶來的改變，讓人與過去的自己和解，也讓從此以後的自己更有能量。

*

這樣的改變很美好，而其中的方法也許應該讓更多人知道。於是我開始動念想要寫一本書，關於靜心中的書寫。

當我有了這樣的念頭，我的好朋友，皇冠出版社的總編輯許婷婷就很共時地問我，願意寫一本以書寫為主題的書嗎？

於是我又立刻欣然應允，也是在這個瞬間，書名從我心中浮現：

《相信今天會有好事發生：書寫中的心想事成》

是的，這本書是先從書名開始的。

*

然而接下來的三年，我總是伏案書寫其他更早之前就安排好的寫作計畫，加上自己向來慢條斯理的速度，讓這本書一直處於空白狀態，但是它也始終在我的心上。

亦是這段期間，在靈感的啟示之下，我開始了每天早晨的晨光書寫，並且漸漸形成一個儀式感的過程。這一切是在靜心與禱告之後日漸形成的，所以那其中充滿了來自守護天使、指導靈與高我的訊息，讓我在進行晨光書寫時總是滿心喜悅。

我想，如果有一種方法可以將文字能量轉化為心靈能量並帶來顯化，這應該就是了。

*

二〇一九年十月，我在陽明山上開了包括能量書寫在內的靜心書寫課程，這也是我第一次把能量書寫加進課程。

不久之後，澳洲發生森林大火，火勢未停，疫情接著延燒，世界一片大亂，可是我和我的學生們日日以靜心中的晨光書寫展開我們的每一天，日日都有了平靜的開始。

平靜的心是一切的源頭，藉由日復一日的靜心與書寫，我們與內在的神性連結，得到真正的平安。

是的，課程結束了，書寫卻依然持續，大家每天在群組上打卡書寫記錄，相互交換心得，從那時到現在一路走來始終如一，這條書寫之流一直在流動在繼續。

我非常為這群學生感動，並在持之以恆的他們身上看見十分美好的變化與顯化，有人心願達成，有人成為想要的自己，有人改寫了自己的生命軌跡……經過了這一年半的實證，我知道，是該寫這本書的時候了。

＊

回顧以往，從自由書寫、療癒書寫、靈性書寫這三堂課的出現，到第四堂課能量書寫的完成，再到我的學生們日日靜心與書寫的實踐帶來的成果，這經歷了三年半的時光，而這本書在開始書寫之前，需要這樣的過程。

我在每天清晨靜心並完成晨光書寫之後開始寫這本書，寫到接近中午，然後第二天清晨再開始。在書寫的當下，我感到豐沛的心靈與文字能量，一切是如此水到渠成，一切也如此順流成章，那讓我寧靜喜悅，被愛傾注，被光充滿。

雖然前面經過了三年半的準備期，但一旦開始寫書之後卻是速度飛快。從前言到後語，從三月中旬到六月上旬，我以八十八天的早晨寫完這本書，其間還完成了攀登我人生中的第一座百岳，這樣的速度對我來說前所未有，然而這也正是心流狀態的呈現與成果，所以我欣然接受這一切發生。

*

當然我也把「順利完成這本書」放進了我的許願清單裡，並且在每一回進行書寫之前，都先檢視了我的核心信念。因此可以這麼說，這本書本身就是能量書寫的結果，也正是一個心想事成的實現。

這個書寫的過程十分美好，我覺得自己就像一條河流輕快地往前流動，準備匯入遼闊美麗的海洋。

*

我寫了五十多本書，包括小說、小語、散文、採訪集，甚至繪本，卻從來沒有寫過像這樣的書，我想，這是一本書寫的書，是一本靜心的書，也是一本人生的書。

這本書對我來說亦是某種內在的整理，所以從廣義的角度來看，它也是一種療癒書寫。

＊

必須特別說明的是，我曾經在自由時報以筆名Rose編寫過好幾年的身心靈版面，本書中有少部分文字擷取我那時所寫的文章，同時也已經過再次創作。

＊

在自由書寫中釋放小我的制約，在療癒書寫中給予自己愛的支持，並在靈性書寫中感受內在神性的無邊無際，還要在能量書寫中創造一個想要的自己。這是我在這本書裡想要與你分享的。

親愛的，謝謝你讀到了這裡，希望這本書對你來說是一個開始，從今以後，請你與我一起靜心，一起書寫，一起感受心靈能量與文字能量的交會與流動，一起相信今天會有好事發生，一起成為喜歡的自己，也一起創造想要的人生。

*

最後，我想把這兩行文字送給你，這也是每次在書寫課程結束之後，我送給同學們的話語：

我們的掌心裡有個發光的宇宙，
經由書寫，就打開了一切的璀璨與無限。

親愛的，就讓我們一起靜心與書寫，來打開這個無限可能的小宇宙吧。

朵朵寫作坊學員心得分享之1

筆隨心走　創作人生

徐淑卿

第一次參加朵朵老師的寫作坊，從「自由書寫」到「療癒書寫」，在振筆疾書中，靈光乍現的文字竟然比自己還坦誠；文字的震撼力，在心底炸開一個洞，傾瀉而出的淚水，是悲傷、是陪伴與接納，也療癒了受傷的內在小孩。

當寫作坊進展到「能量書寫」時，朵朵老師指導我們依著步驟書寫，瞬間在筆記本上馳騁的快感消失，覺得書寫的自由度被限制了；此外，向宇宙下訂單這種事，在我心中覺得可疑。所以，當寫作坊結束，大家相約持續寫下去時，我心中帶著衝突與疑惑。

是的，我決定繼續我的「療癒書寫」，但我將書寫的時間由夜晚改成清晨，沒想到這樣的改變，書寫的心境有了很大的改變，雖然寫的是療癒書寫，但奇妙的是在書寫中竟然出現「希望感」。於是我瞭解白天和黑夜的能量是不同的，從此帶著好奇心，開始進行晨光書寫練習；雖然一開始寫得卡卡的，但在無法流暢書寫的過程中，我頓悟限制我的不是步驟，而是自己；而那個不敢開口要求美好人生的，則是一個低自我價值的內在小孩。

疑惑退散，展開晨光書寫，為此也調整了睡眠和運動時間。每日晨起，拉開窗簾讓陽光灑進屋內，打開藍芽讓音樂流洩一室，偶爾頌缽、水晶或是森林自然音樂，盤坐在榻榻米禪墊上，閉上眼睛，幾個脈輪深呼吸讓我進入靜心之中……靜心、書寫、感謝，展開美好的一天。

現實生活中，與家人共用車的我，偶爾因用車時間衝突而有所不便，某日，我突發奇想將之寫進晨光書寫裡。我知道自己並非需要另外一部車，而是想要隨時可以方便使用車子的自由度，於是我寫下了：「我相信我能有一台像Yaris的小車可以開，自由自在的，想上哪兒就上哪兒……」不久之後，我發現住家旁邊的停車場，出現了一台iRent同站租還的Yaris。第一次租用時，開著Yaris在高速公路上，才驚覺我心想事成了！

現在，晨光書寫已是生活中的重要儀式。即便冷冽寒流來襲，把自己包裹在毛毯裡靜心、書寫；出差時，在清晨急駛的高鐵上靜心、書寫，連旅行也不忘帶著筆記本。而書寫中總不經意出現一些清明的文字，剛好能解決現實中的困擾，或是意外蹦出令自己莞爾一笑的夢想。

寫著寫著，寫過了一個春夏秋冬，持續書寫五百多個日子，回首過往自己飄浮不定的存在感，彷彿定錨了，感覺自己漸漸向下扎根，愈來愈愛自己、看見自己的珍貴。過去總習慣一味討好別人，現在則變為誠實豆沙包；也因為能夠對自己真誠，我愈來愈敢做夢，也相信自己是無限可能。

我喜歡現在的自己，這是書寫帶來的力量。愈是忙碌時，愈是把書寫當成我的「能量飲」，它不若「蠻牛」讓人力大無窮、所向披靡；而是在風雨中，讓我更有力量穩穩地站著。奇妙的是當自己站穩了，周遭的事物也跟著改變——像是在晨光書寫後，工作中那些惱人的業主，竟不再索命連環叩；生活中更是不斷有好事發生，例如業績倍增、提案入選、意外獲獎等等——喔哦！我想，那是宇宙呼應我，在晨光書寫為自己所創作的人生！

書寫的力量

朵朵寫作坊學員心得分享之2

顏千惠

如果說生命是條河流，從群峰交疊的迴谷繞行曲流而下；那麼，晨光書寫對我而言，就像一艘由意念所造的小船，行駛在這條河道之上，伴著高我內在最深沉的聲音，在這看似既定的航道中，看見新的可能，展開一場新的冒險。

前些日子為了尋找輸出店，不小心迷路耽擱了稿件送印的時間，當下的我內心十分焦急，倘若無法在五點前趕到郵局，那麼對方便無法在隔日收件，我擔心這將對我的碩士口考造成影響；也因此當我在五點半離開輸出店時，我的心情和每一個步伐都格外沉重。在回家的路上，我試著讓自己安定下來，告訴自己這件事或許是天使想讓我學會某些道理，而這一切都是最好的安排；就在這時候，我突然想起迷路時瞥見的「郵政代辦所」，那是什麼？抱著姑且一試的心情循著原路回頭詢問了店家，竟然順利地寄出了稿件，而這一切宛如天使指引，像是奇蹟一樣，在郵局的時間截止之後還能改變結果，讓我再次見證信念所帶來的力量：「相信今天會有好事發生！」

在這五百多個書寫日子裡，信念就像一把鑰匙，開啟了我內在的能量，帶著我前行，如同某日，我一如往常的書寫著，突然間，心念之處宛如塗上顯影劑的相紙，在光的曝曬下慢慢地浮出某些畫面，我快速地以文字描繪出那理想之家；之後大約一星期的光景，便順利地找到了理想的租屋處及樂以料理關懷房客的房東阿姨，這亦和我當時書寫時所思所念的家極為相似。

此外，晨光書寫前的靜心時刻，亦引領著我行走在光中，進行身體與心靈的修習對話。曾經有一股能量舒服地想帶著我衝破頂輪輕輕地往上飄，但我的肉身卻害怕地抗拒著，我的臀就像長出了無數的細根，深深地下探地底，緊緊地抓住自己，不准自己往上飄，而這樣的經驗也讓我反思到，在生命的歷程中，我因為害怕受傷，而錯過了可能會有的美好體驗，這樣的靜心之旅，也讓我與大我更加地靠近並且以愛療癒恐懼。

現在的我，每天提早一小時起床，以靜心及書寫作為一天的開始，我很珍惜這樣的時光，透過這樣的自我對話，有時我會看見渴望背後的失落，但卻又能從字裡行間得到一股力量，讓我無條件地接納自己、愛自己，成為更完整的我。

朵朵寫作坊學員心得分享之3

生命中的美好改變

楊可凡

二〇一九年二月，因為一個因緣際會，我進入了朵朵老師的課堂花園，老師提到「愛自己」這個觀念，當時深陷煩惱及困擾的自己，心想這是一件好遙遠的事，只覺得老師好溫暖，課程好療癒。從此，我開始進入書寫的世界。

這之中也透過閱讀更認識老師，老師的書總會有神奇力量，像是我靈魂的知己，隨意翻到哪一頁，就如籤詩一般給我前方繼續的指引。

二〇一九年十月底，我加入了老師兩天的靜心課程，在幽靜的陽明山上，開始了心靈的追尋之旅。第一天的課程主要是自由書寫及療癒書寫，經過一天的訓練，我的潛意識帶領著我勇敢地面對我的傷痛，在夢境中我與自己和解，淚流不止的清晨也洗滌我的心，與悲傷告別。

原以為這是課程最精采的部分，沒想到第二天的晨光書寫對我的影響更大。

晨光書寫的實踐，是每天早晨在靜心之後，用書寫展開一天。透過十五分鐘以上無間斷地書寫，凝聚能量，與自己真誠地對話，可能是反省，可能是思考，但更多是祝福，是肯定自己的力量。

遇到緊張或煩惱的事，我會在書寫中為自己祝福，會過去的會過去的，像流動的河，會過去的。遇到新的挑戰，我會在書寫中給自己力量，告訴自己保持樂觀積極的努力。在與自己對話的過程中，腦中會有源源不絕的對話出現，有時靈感快到我來不及寫下；有時以為無話可寫了，但往前又見到另一個桃花源。隱約間，天際上有一個自己在為自己解答，原來，很多事情的答案都在自己身上，我們就是自己最好的解答。

為了建立晨光書寫習慣，班上同學在群組上留下書寫紀錄，在這個群組中，我們是陌生又最熟悉的夥伴，流動的情感引領著我們勇於傾吐。從二十一天的習慣建立開始，接著一百天……三百六十五天……然後進入下一個三百六十五天。

當習慣變成自然時，每天我都好期待起床後的時光，在腦中的小宇宙一片純淨時，與自己以及萬事萬物對話。而靜心是一切的根源，有時時間很趕，試圖在比較雜亂的狀況中完成，反而什麼想法都沒有，在幾次的試驗後，我放棄不優質環境的書寫，只有在靜心時，才能有好的品質與自己對話。

也許是每天的書寫，讓我的心變得更強大有能量，很多雜念都進不來，也吸引了很多正能量。在課堂上跟宇宙許願要變瘦的我，用很健康的方式減下了五公斤。親子教養遇到問題時，也總有朋友即時傳文章連結給我，呼應我內在的需求。

這樣的心想事成很驚人，因為心的明晰透澈，我也開始斷捨離，包括不必要的物質、不需要在乎的朋友；我變得勇敢，不讓自己受委屈，珍愛自己的情緒。我也願意對可能讓我不開心的人或事問清楚，願意理解也願意釋出善意，願意擁抱也可以自主。

當然，改變是一點一滴發生的，並不是今天寫完明天世界就會變得光明，即使是現在，也是會有挫折或是難過的時候，但總是能在每天早上靜心書寫時，更冷靜地看待身邊事物，因為心很透澈，所以能找出問題的核心而不糾結不迷惘。

晨光書寫一年多以來，在我身上漸漸發生了改變，我發現我變得更自在更有自信，身邊的人也覺得跟我相處更愉悅，我一步步地走向我過去不曾瞭解的「愛自己」，現在的我正在落實著，且堅定地擁有著。每天每天，愛自己更多更多。

從小寫作文到大，但從來沒有想到文字能擁有這麼大的力量，我們也都很期待老師把這個課程寫成書籍，因為這實在是太需要分享給更多人，讓每個人生命都有改變的機會。

請持之以恆地試試看，這樣的書寫能陪伴著你，讓心中的小宇宙到外在的世界都變得很強韌，也能將這樣的力量散播給親友，以及你所愛的每一個人。

最後，我要感謝遇見朵朵老師，這是生命中最美的緣分。

親愛的，這兩頁是為你保留的，
請你也寫下屬於自己的靜心書寫心得……

國家圖書館出版品預行編目資料

相信今天會有好事發生：書寫中的心想事成／彭樹君著.
-- 初版. -- 臺北市：皇冠文化出版有限公司, 2021.09
面；　公分. --（皇冠叢書；第4969種）(彭樹君作品集；4)
ISBN 978-957-33-3783-6(平裝)

863.55　　110013815

皇冠叢書第4969種
彭樹君作品集 4
相信今天會有好事發生
書寫中的心想事成

作　　者—彭樹君
發 行 人—平雲
出版發行—皇冠文化出版有限公司
臺北市敦化北路120巷50號
電話◎02-27168888
郵撥帳號◎15261516號
皇冠出版社（香港）有限公司
香港銅鑼灣道180號百樂商業中心
19字樓1903室
電話◎2529-1778　傳真◎2527-0904
總 編 輯—許婷婷
責任編輯—陳怡蓁
美術設計—嚴昱琳
著作完成日期—2021年6月
初版一刷日期—2021年9月

法律顧問—王惠光律師

讀者服務傳真專線◎02-27150507
電腦編號◎574004
ISBN◎978-957-33-3783-6
Printed in Taiwan
本書定價◎新台幣320元／港幣107元